ラルーナ文庫

JN132139

つがいは庭先で愛を拾う

鳥舟あや

三交社

CONTENTS

Illustration

サマミヤアカザ

つがいは庭先で愛を拾う

本作品はフィクションです。
実際の人物・団体・事件などにはいっさい関係ありません。

【1】

毎日、朝は午前五時半に起床する。

目覚まし時計のアラームが鳴る携帯電話を片手に数分ぼんやりして、アルコーヴの寝台を出て簡単に寝床を整える。古い建物ゆえ室内に暖房器具はないが、床下が暖かくなる機能があるし、ここへ入居するにあたって親切な家主が極上の綿布団を含めた生活用品一式を仕立ててくれたので寒さは感じない。

「ふぁ、ぁー……」

二間続きの居間へ向かい、窓辺に立ち、漏窓《ろうそう》から差し込むやわらかな日差しを浴びて、欠伸《あくび》混じりの伸びをする。

歓楽街の外れ、いまは古い建物ばかりが立ち並ぶ景観保護地区にコウの生活する屋敷はあった。近くに一大花街があるわりに昼も夜も静かで、時折、風に乗って管弦の調べが届き、なんとも風情が感じられる。この大邸宅も、その昔は妓楼《ぎろう》だったらしい。

コウはその大邸宅の離れを間借りしていた。

飾り彫りの見事な観音開きの扉を開けて、タオル一本を首にかけ、寝間着のまま庭に出る。一歩外に出れば、そこには丹精された中国庭園と井戸があった。

息が白い。寝起きの体温にじわりと寒さが染みて、心地好い。

コウの朝はその庭の井戸水で顔を洗うところから始まる。ひやりと息を呑《の》む冷水で目を醒《さ》まし、滴る雫《しずく》をタオルで拭《ぬぐ》い、歯を磨きながら朝露に濡《ぬ》れ綻《ほころ》ぶ冬の庭を眺める。

美しい庭だ。枯れ枝が冬の青空の下で細く四肢を伸ばし、岩を切り出して築山に見立てたその麓《ふもと》で幹が根を張る。もうすぐ初雪が降ると天気予報が予測を立てていたから楽しみだ。この庭にうっすらと雪が積もる姿は一見の価値がある。

もしかしたら、母屋の庭よりも、離れのこの庭のほうが手が込んでいるかもしれない。規模や敷地、建物は母屋のほうが立派なのだが、質だけで見るとこちらのほうが気合いが入っているように思う。

まぁ、造園に明るくなく、植えられている木々や花の名にも疎いコウが素人目線でそう思うだけなのだが……。

コウは「俺、どっちかって言うと生まれつき運が悪いほうだけど、良い場所に棲《す》み処《か》を得られたのは幸運だったよな～」と、この庭と親切な家主に恵まれたことを感謝していた。

この庭は離れに住む者しか楽しめない庭だ。邸宅の奥深くに隠された秘密の場所は、この屋敷の持ち主が許可した者しか立ち入ることを許されない。

いまは、離れに住むコウと家主だけが楽しめる。

屋敷の主人は母屋で生活しているので、実質この庭はコウの独り占めだ。ここで暮らして五年になるが、毎年、季節の移り変わりとともにコウの情緒を豊かにしてくれる。

「明日は庭掃除だな……」

部屋へ戻る道すがら、足もとに落ちている折れ枝を拾い歩く。

屋敷の主人の方針で手入れは庭師に一任されているが、枯れ葉や枝を箒《ほうき》で掃くくらいはコウにもできるし、身の回りや生活環境が整っていると、なんとなくすっきりして落ち着くのでコウは進んで庭掃除をした。

部屋に戻ると卓子に置いていたペットボトルの水を飲み、寝間着のTシャツとスウェットからランニングウェアに着替える。自宅で食事は摂《と》らず、いつも外で済ませるから、部屋にはミネラルウォーターの買い置きが数本あるだけだ。

部屋と庭を往来するためのサンダルからランニングシューズに履き替え、窓を開け放して換気してからまた庭へ出る。

軽く柔軟をして、六時十分前には裏門の前に立つ。いつもどおり、ぴったりの時間だ。

仕事の都合で難しい日もあるが、毎朝一時間走るのがコウの日課だ。基本的に予定は覆さない。今日一日のスケジュールを思い返しながら、自分の立てた予定に間違いはないかを確認して、間違いがなさそうなら安心するのがルーティンだった。

「おはよう、コウ」

「おはようございます、ウェイデ」

この屋敷の主人であるウェイデが裏門に姿を現した。

ウェイデは黒獅子《くろじし》の獣人だ。二メートル三十センチを超す背丈と雄々しい体躯《たいく》の持ち主で、百八十五センチあるコウの視界には緑の光沢が艶《つや》めく鬣《たてがみ》が広がる。

これから寝るところなのか、襟もとをゆるめたワイシャツから極上の鬣が溢《あふ》れていた。

「眠そう。徹夜仕事ですか？」

「半分仕事、半分付き合いで呑んできた。朝まで呑むのは二十代までにしておくべきだな」

欠伸を連発して、ウェイデはがしがしと頭を掻《か》く。

「まだ三十三歳なのに年寄りみたいなこと言って……。いま帰ってきたとこじゃないでしょ？」

「半時間くらい前か……。お前が家にいるなら徹夜なんぞに付き合わず俺も家に帰っていればよかった。……夜、一人でこわくなかったか？」

「俺もう二十三歳ですよ？　一人で眠れるし、朝もこうして毎日見送りに立ってもらわなくても大丈夫な年齢です」

「毎日勤勉なお前を見送るのが俺の日課だ。今日も走るんだろう？」

「はい」

ウェイデは金貸し業をしていて、昼夜逆転のことも多い。徹夜で眠いなら早く眠ればいいのに、どんな時でもコウが走りに出る日は必ず玄関に立ち、六時きっかりから走り始めるまでの十分間、おしゃべりをする。

在宅業務で時間に融通が利くから気にするなとウェイデが言ってくれるのに甘えて、コウも朝の十分間の会話を楽しみにしていた。

お互い別々の仕事をしていて毎日必ず言葉を交わすことが難しいなかで、顔を合わせることができる唯一の時間だ。朝、「おはよう」と挨拶《あいさつ》ができるのは嬉《うれ》しい。夜を一人で過ごしても、おはよう、という言葉で、今日もちゃんと朝を迎えられたと実感できる。

「今日の予定は？」

「午前中はいつもどおり、このまま走ってサティーヌのところに行きます。昼過ぎに一回帰ってきて、そこからは仕事で、夜は……帰りは分からないです。朝まで帰ってこないかもだから、明日は見送りに立たなくていいです」

「またか？　ここのところずっと帰ってこなかったと思ったら……」

「まぁ、いろいろと忙しくて」

「生活や資金面、サティーヌのことで困り事があるなら……」

「大丈夫です」

「最後まで言わせろ」

「家主にそこまで迷惑かけられません」

「俺はお前を同じ屋根の下に暮らす家族だと思っている。お前が何事にも真面目《まじめ》に取り組む性格なのは知っているし、毎朝サティーヌのところへ通うのも立派だが、そのうえ夜遅くまで仕事をして……、それではお前の休む暇がない。頑張りすぎはいけない。たまには休日を作りなさい」

「そうします」

「是非そうしてくれ」

「じゃあ、そろそろ行ってきます」

「あぁ、いってらっしゃい。……その前に、携帯電話は持ったか？」

「………」

ウェイデに言われて、コウは自分の右腕のホルスターを確認する。

携帯電話を差し込む二の腕のホルスターが空だった。

「持って出たと思ったけど……どこやったかな？」

「ちょっと待て。……ああ、部屋に忘れている」

コウがフーディのポケットを探る間に、ウェイデが自分の携帯電話のＧＰＳで場所を確認してくれる。

コウは「ありがとうございます、ちょっと取ってきます」と断って部屋へ戻り、靴を履き替えた際に棚の上に置き忘れていた携帯電話を摑《つか》み、また裏門へ戻った。

「あったか？」

「ありました。棚の上でした」

「靴を履き替えた時か？」

「ご明察」

「やはり疲れてるんじゃないか？　走るのはサティーヌのところまでだろう？　車で送っていくぞ」

「大丈夫ですって」

「……なにがあっても連絡手段だけは手放すな。途中で具合が悪くなったら……」

「連絡します。じゃ、今度こそほんとにいってきます」

「いってらっしゃい。気をつけて」

「はい。ウェイデはおやすみなさい」

「あぁ、おやすみ」

コウが裏門を出て走り始めると、ウェイデが手を振る。

コウも手を振り返すと「前を見て走れ」と言われて、前を見て走る。

ウェイデは、いつもコウが最初の曲がり角を曲がるまで見守ってくれる。ちょっと心配性だ。このあたりは景観保護地区で車の出入りも時間帯で限られていて交通量も少ないし、治安もそんなに悪くない。なのに、まるで小さな子供を送り出すように毎日心配する。ちょっと過保護だ。その過保護さが、コウにはくすぐったくて、でも嫌いじゃないし、ありがたいし、嬉しい。

　ウェイデはコウの行動や生活に口も手も挟まないし、多くは言わないけれど、コウが個人で営んでいる調達屋の仕事が心配なようで、互いの携帯電話にＧＰＳを入れて所在確認をしたり、毎朝コウの元気な姿を確認したり、「連絡手段だけは忘れないように」と声をかけてくれる。

　本当に親切な家主だ。

　居心地が好くて、安心して寝起きできる場所を与えてくれる人だ。

　そして、それ以上にも、それ以下にもしてはいけない人だ。

　コウは今朝《けさ》のウェイデの表情や声を反芻《はんすう》して、ついついにやけてしまう頬《ほお》の内側をゆるく噛《か》んで誤魔化《ごまか》し、いつもの道を走った。

＊

　コウの仕事は調達屋だ。

朝のミルクから大陸間弾道ミサイルまで、客の要望に応じてなんでも調達する。

調達屋の真似事《まねごと》を始めたのは、子供の頃だ。最初は、近所の足の悪いじいさんの煙草《たばこ》を買うおつかいをしたり、妊婦さんの代わりに重い荷物を運んだりして小遣い稼ぎをすることから始まった。

それが長じて、十八歳で独立してから本格的に調達屋の看板を掲げた。いまのところ仕事は順調だ。金になる仕事もあれば、ならない仕事もあるが、一人で生活して、死んだ時に最低限の葬式を挙げるくらいの貯金はある。

ランニングの終盤、角を曲がれば目的地の孤児院だ。その手前にある顔見知りのカフェでコーヒー豆を挽《ひ》いてもらい、新鮮なミルクとクロワッサンとカップケーキを買う。朝のパンとミルクを孤児院まで届けるのが調達屋の仕事であり、毎朝の日課だ。

荷物を片手に孤児院までクールダウンしながら歩く。孤児院は角を曲がって三軒目、フレンチコロニアル様式の建物だ。可愛《かわい》らしい庭とブランコ、真っ白の壁に赤い瓦《かわら》の三角屋根が特徴的で、風見鶏が回っている。

コウも、この孤児院の出身だ。十歳の時に家族が亡くなって、十八歳で独立するまで世話になった。

「まいど～調達屋です。サティーヌ、ミホシ、おはよ～」

午前七時十分、コウは預かっている合鍵《あいかぎ》で家に入り、声をかける。

孤児院を経営しているのは齢《よわい》八十を過ぎたサティーヌという人間の老女で、ミホシというのはここで世話になっている狐《きつね》の獣人の子供の名前だ。

サティーヌは、体力的、年齢的、病気がちであることを理由に孤児院の閉鎖を決定していて、面倒を見ていたほとんどの子供たちに里親を探し、一人一人に信頼のおける弁護士や後見人を世話し、現在は最後の一人であるミホシと一緒に暮らしていた。

コウは、毎日昼過ぎまで孤児院で過ごす。サティーヌの代わりに郵便物や役所の書類をチェックし、朝食の支度をしつつ洗濯物をして、現在は空き部屋となった子供部屋や生活空間の掃除、敷地の保全といった雑事全般をこなす。

ほかにも、昼食と夕食の買い出し、その日によって異なるサティーヌに頼まれた用事を済ませ、三人で昼食を食べる。

昼からは福祉施設から通いのヘルパーが来てくれて、サティーヌの健康状態の確認や入浴介助をしてくれるから、その人たちに引き継ぎをして、コウは家へ戻って着替えて自分の仕事に出かける。

夜は近所の人か看護人が通いで来てくれる。午前中にコウが買っておいた材料で夕食と翌日の昼食を作り、火の始末と施錠をしてくれる。毎日決まったルーティンだ。

コウも、可能な限り孤児院で過ごすようにしていて、昼夜を問わず顔を出し、時には寝泊まりして、ここから仕事に行くこともあった。

特にここ一年くらいは自宅ではなくほとんど孤児院で過ごしていて、着替えやなにやらを置いているものだから、サティーヌにも「あなた、ここを卒業したのに、またここの子になったみたいね」と頭を撫《な》でられることがままある。

昨夜《ゆうべ》は仕事に疲れて眠気に抗《あらが》えず、実に一ヵ月ぶりに自宅の寝床で寝落ちした。

台所に入ってミルクやパンをテーブルに置き、大きく伸びをしながら洗面所で手洗いうがいをして顔も洗う。

「……ふぁ、ぁあー……」

台所に戻ってくると、戸棚に置いてある小箱の鍵を開けて、サティーヌが薬を飲んでいるか確認し、今日三回と就寝前に分けて飲む薬を小分けにして入れる。鍵付きの小箱に入れているのは、子供のミホシが間違って飲まないようにするためだ。

電気ケトルでお湯を沸かし、コーヒーメーカーをセットして、オーブンでクロワッサンを温め直し、レンジで一人分のミルクを温めつつ、食器の支度をする。

七時半にミホシとサティーヌを起こしに行って、八時からサティーヌの部屋で三人で朝食を始める。朝食を用意する合間に洗濯物の下洗いをして、郵便物の確認も行う。完璧《かんぺき》にこなせて当然のことだが、完璧にこなして時間を節約したら、ミホシと遊んだり勉強を見てあげる時間を増やせる。

「ミホシ、おはよう。そろそろ起きな」

二階のミホシの部屋をノックして、声をかけた。

「うん、……みほし、起きる……」

扉の向こうから眠たげな声が聞こえてくる。

まだ四歳だけれど、ミホシはしっかり者で、着替えと朝のトイレが自分でできた。

「サティーヌ、おはようございます」

廊下の奥の扉をノックする。

一度の呼びかけで返事がなければ部屋に入って起こしてちょうだい。……というサティーヌの言いつけどおり、コウは「入りますよ、サティーヌ」と声をかけてサティーヌの私室に足を踏み入れる。

白いレースとフランス刺繍《ししゅう》のファブリックやフランス家具に囲まれた部屋だ。サティーヌは庭で摘《つ》んだ花を飾り、窓辺のテーブルに置いたタブレット一枚で孤児院の経理から趣味のこと、株の取引までこなしていた。

この部屋の風情は、栗色の巻き毛の少女のようであり、生存能力の高い百獣の王のようでもあった彼女の気風をそのまま表していて、いつも明るく温かで、どこか芯《しん》の強さを感じる趣があった。

「サティーヌ……」

衝立《ついたて》の向こう、白いシルクシフォンの天蓋《てんがい》に覆われた寝台。

サティーヌは、そこで、眠るように亡くなっていた。

実に几帳面《きちょうめん》で気高く美しい彼女らしい。胸の前できちんと両手を組んで、ゆるく結わえた三つ編みを左肩から胸もとへ流し、白い寝間着と寝具を乱すことなく、永遠の眠りについていた。

コウはサティーヌの口もとに手を翳《かざ》し、そっと撫ぜるように頰に触れ、人肌よりもすっかり冷えた熱を指先に感じる。

まったく覚悟していなかったわけではない。サティーヌからも死後を頼まれていたから、いまはなにも考えず、生前の彼女の指示に従って動くことだけに集中した。

「サティーヌ、すこし一人にします」

コウは生きている彼女に話しかけるように断りを入れて部屋を出た。

「こーくん、ミホシ、起きた」

「おはよう。ミホシ。上手に着替えられたな」

ちょうど着替えを済ませたミホシと廊下で顔を合わせたので、その場に両膝《りょうひざ》をつき「おいで」と手を広げると、ミホシが懐にやってくる。

「ママ・サティーヌは？　おはようのご挨拶は？」

「うん、まだ寝てるからもうすこし静かにしておいてあげよう」

「……死んじゃった？」

「………うん」

コウが思っているよりもっとミホシは大人でしっかり者だったらしい。

コウの声や表情から察したらしく、コウの首筋にしっかりと抱きつくと、狐耳をぺしゃんと寝かせ、狐の尻尾《しっぽ》をコウの腕にくるんと巻きつけ、すん、と鼻を鳴らす。涙を溜《た》めたミホシの真っ黒な瞳《ひとみ》が瞬《まばた》きすると、コウの首筋にじわりと熱く滲《にじ》むものがあった。

ミホシを抱いたまま一階へ下りて、キッチンのアイランドテーブルに置いた携帯電話を手に取り、片手で電話をかける。

電話先は弁護士だ。新市街地で事務所を構えて成功している。コウより二十五歳年上の四十八歳。彼もこの孤児院出身で、コウと同じくサティーヌの信任を受け、彼女の財産や種々様々な物事を管理し、手助けしていた。

「ああ、アンリにいちゃん？　俺です、コウです。朝からごめん。……うん、そう……、そう、夜中のうちに……。こっちは大丈夫。……じゃあ、俺は姉ちゃんたちに連絡入れます。ほんとに大丈夫だって、サティーヌがぜんぶお膳立《ぜんだ》てしてくれてたから、俺はそのとおりに動くだけだし、にいちゃんも忙しいのにごめんな。……ミホシ？　うん、いまここにいる。替わろうか？　……ミホシ、にゃんこのおじちゃんから電話、お話するか？」

「にゃんこのおじちゃん……」

「ふわふわのでっかい猫。アンリのおじちゃん」

「アンリ！　うん、お話する！　……もしもし？　にゃんこのおじちゃん？」

ミホシはコウにぴったりくっついたまま電話口へ話しかける。

孤児院で育ったせいか、血が繋《つな》がっていなくても年上は全員兄であり姉だ。弁護士のアンリはメインクーンの猫獣人で、コウがここへ引き取られてきた時にも諸々《もろもろ》の手続きで世話になった。

ミホシがおしゃべりに夢中になっている間にコウは朝食の仕上げをして、ふと、サティーヌのティーカップを手に、「……あぁ、そうか、今日からサティーヌはこのお気に入りを使うこともないのか……」と、思った。

それでも、なんとなく、今日いきなりサティーヌの朝食だけを準備しないのは気持ち的にできなくて、いつもどおり三人分の朝食を支度した。

コウはコーヒー。サティーヌは紅茶と冷たいミルク、クロワッサン。ミホシは温めたミルクとカップケーキ、ヨーグルトと果物だ。

「うん、じゃあね、にゃんこのおじちゃん。……こーくん、お電話終わったよ」

「はいよ。……あぁ、にいちゃん？　俺です。うん、当面こっちにいる予定。仕事は適当に都合つけるよ、大丈夫。そういうわけで……、じゃあよろしくお願いします」

電話を切って、ミホシを抱いたままキッチンの椅子《いす》に腰を下ろす。

「ミホシ、俺はいまから姉ちゃんたちに電話するから、ちょっと待っててくれるか？」

「はい」

「いい子」

ミホシの頭を撫でて膝に抱いたまま電話をかける。

「もしもし、コウです。……姉ちゃん？　朝からごめんな？」

サティーヌは長く孤児院を営んでいた。

当然のこと、巣立っていった者も大勢いる。

弁護士のアンリのように特定の分野で成功している者もいれば、軍人として立身出世していたり、政治や経済界で活躍していたり、将来有望な研究者であったり……なにかと頼もしい兄弟姉妹が大勢いる。

サティーヌを担当しているソーシャルワーカーや通いの医師、看護師なども、かつてサティーヌに育まれてきた子供たちで、皆ですこしずつ助け合い、ありとあらゆる面で彼女をサポートしていた。

「ミホシ、これからちょっと忙しくなるけど、ミホシはいつもどおりでいいからな」

「じゃあ、ミホシは、ママ・サティーヌのお部屋で朝ごはんを食べて、歯を磨いて、本を読むよ」

「あぁ、そうだな、それがいつもどおりだ。じゃあ、朝ご飯にしよう」

三人分の朝食をシルバートレイに乗せて、サティーヌの部屋へ運んだ。

ミホシも、いつも手伝ってくれるようにパンを入れたバスケットを両腕に抱えて運んでくれる。

「死んだ人、こわくないか？」

「死んだ人、じゃなくて、ママ・サティーヌだよ」

「そっか……」

美しいサティーヌの亡骸《なきがら》とはいえ、子供に死者と対面させて心の傷になりはしないだろうか。衝立越しに声をかけさせるのみに留《とど》めて、死に顔は見せないほうが賢明だろうか……。コウはそんな心配をしたが、ミホシは「ママ・サティーヌが一人だとかわいそう。早くお部屋に行ってごはん食べよ？」とコウをせっついた。

＊

程なくして、孤児院を巣立った兄弟姉妹、里親に引き取られた子供たちが駆けつけ、しめやかに葬儀が執り行われた。上は五十路《いそじ》から下は赤子まで、サティーヌのたくさんの子供たちと、彼女が親しくしていた友人たちと、仲良くしていた近所の住人と、彼女を慕っていた者たちで盛大に見送った。

巣立った大人たちのなかでコウが最も頻繁に孤児院に出入りしていたこともあり、通夜や葬儀、来客のもてなし、孤児院で催した彼女を偲《しの》ぶ食事会など……なにかと立ち働くことも多く、あちこち世話をしているうちにあっという間に一週間が経った。

久しぶりに会えた兄弟姉妹もそれぞれの生活に戻って、主《あるじ》のいなくなった孤児院には、コウとミホシだけが残った。

ミホシは、連日の来客に驚き、大勢の兄弟姉妹に構ってもらって遊び疲れたのか、いまはコウの懐に凭《もた》れかかって眠っている。時折、尻尾が動いてコウの体に触れて、そこにコウがいるかどうかを確かめる。起きている時のミホシはいつもどおりだが、彼もサティーヌを失って不安なのだろう。

コウは、しんと静まり返ったリビングのテーブルで、弔花や弔電をくれた人の名簿、弔問客のリストを整理していた。サティーヌが「弔問客や弔花弔電には、この印刷所に、このカードで、この文面で、こういったお礼状を」と生前に指示してくれていたから、そのとおりに依頼するためだ。

「アガヒさんとウラナケさん、……あぁ、子供が二人いて毎年寄付してくれる夫婦か……。ナツカゲさんとアオシさんは……、あー……親から虐待されて避難してきた子の護衛してた人たちだな。アングラ系の小児性犯罪者とか誘拐犯リストとかが更新されるたびに持ってきてくれるからありがたいんだよな～。ああいうの表に出回らないからなぁ。……それと、こっちはウェイデ……、ウェイデ？」

弔問客リストにウェイデの名があった。

　ウェイデはサティーヌの好きな花と酒を供えてくれていた。

　コウに声をかけずに帰ったのは、きっと、彼なりの配慮だ。サティーヌを悼む場で、部外者の自分が裏方で忙しくするコウに話しかけて手を止めさせては悪いと思ったのだろう。

「コウ、……いるか？」

「リビングルーム」

　コウが呼びかけに応《こた》えると、裏口から入ってきたアンリが顔を見せた。

「裏の鍵が開いていた。不用心だぞ」

「……締めたと思ったけど、忘れてたみたい。気をつける。それより、なにかあった？　今日は仕事が終わりそうにないから、明日か明後日《あさって》来るんじゃなかったっけ？」

「そのつもりだったんだが、やはり早めに話しておくべきだと思い直してな……。それと、食料だ。数日分はある。台所に置いておくぞ。客の対応で食ってないだろう？」

「助かった。ありがとう。冷蔵庫が空っぽだったんだ」

　ミホシを抱いたまま台所へ移動して紙袋を覗《のぞ》くと、電子レンジやオーブンで温めるだけで食べられる食料ばかりがそろっていた。

　どれも火を使わず、調理不要の手間要らずで、コウは胸を撫で下ろす。

「食料は俺からじゃない」

「……？」

「ほら、お前が世話になってる家の、あの黒獅子の金貸し男がいるだろう？」

「ウェイデ？」

「あぁ、そうだ。あの伊達《だて》男がちょうど家の前に車を停《と》めたところで鉢合わせた。あの大きな図体でめいっぱい食料を抱えていてな……」

「なにか用だって？」

「昨日、遠目に見たお前がすこしやつれているように思えたから食料を……と言って、俺に渡してきた」

「そっか」

「お前、あの男に料理ができない理由を伝えているのか？」

「いや、伝えてないけど……」

「なら、単にあの男の気遣いか。まぁいい、それにしても、家の前まで来たのだからお前の顔を見ていけばいいのに……。冷たい男だ」

「そうでもないよ」

いま、ウェイデがコウの前に現れたら、ウェイデはコウを甘やかすだろう。

優しく声をかけ、思いやりに満ち溢れた言葉と態度で気遣い、「単なる家主の分際で僭《せん》越《えつ》だが……」と前置きして、コウの手助けを買って出てくれるだろう。

その時きっとコウは強がって、「手助けは要《い》らない」と断る。

ウェイデはその手間を省いてくれたのだ。コウがウェイデの前で泣きそうになるのを我慢することも、弱みを見せないように虚勢を張ることも、そんな自分を見られたくないというコウの気持ちも、すべて察してくれたのだ。

いま、コウに悲しみは必要ない。

サティーヌに頼まれたことも中途半端なままウェイデの優しさに甘えてしまうと、必死になって堪《こら》えているものが崩れて、心が挫《くじ》けて、頑張れなくなってしまう。

ウェイデはそういうコウの性格を分かってくれていた。

「お前はあの男を随分と気に入っているようだが、俺は好かんぞ。金貸しはいかん。お前も分かっているだろう？　お付き合いするならもっといい人が世の中にはたくさんいる」

「そんなんじゃないって」

「彼とでは安定した幸せな生活は築けまい。男だとか女だとか、獣人だとか人外だとか、性別や種族で差別はしないが、お前が傷つかない選択をしてほしい」

「はいはい、分かったよ、パパ・アンリ」

茶化してパパと呼び、「早く家に帰りなよ。奥さんと娘さん待ってるよ」と追い返す。

「二人で大丈夫か？　今夜も泊まっていくぞ？　それとも、うちに来るか？」

「ミホシがこっちのほうが落ち着くから、こっちにいる。まだサティーヌの遺品整理の途中だし、形見分けもしないとだから……」

「この家は一年間は遺すと決まっている。そう焦らなくていい」

「サティーヌはほんと立つ鳥跡を濁さずだよなぁ……見事だわ」

サティーヌは自分の死後の予定や、形見分けもすべて、「この人にはこれを、あの方にはこちらを」と決めて、遺言状に認《したた》めてあった。コウやアンリが困らないように、彼女はすべてを決めて、すべてを処理して旅立った。

「それが彼女の潔さだ」

「うん。俺もたぶん一生独り身だし、サティーヌを見習っていきたい」

「……お前はまだ若い、そんなふうに考える必要はない。お前の家族の不幸には言葉もないが、悲観してはいけない。そのうち良い出会いがあるかもしれないし、お前には大勢の兄弟姉妹がいることを忘れるな」

「うん。ありがとう。……で、なにか話があったんだろ？」

「あぁ、それなんだが……」

「……？」

「ミホシのことだ」

アンリの視線が、コウの懐のミホシに注がれる。

名前を呼ばれたミホシがゆっくりと瞼《まぶた》を開くから、コウはミホシの後ろ頭を撫でた。

「ごめんな、話し声うるさかったか？　上で寝るか？」

「ん～……」

首を左右にゆっくり一度だけ振って、尻尾と両腕をもっときつくコウに巻きつける。

ミホシが首を横にしてぐずると狐耳がコウの顎下《あごした》をふわふわとくすぐって、こそばゆい。

「今日までお前一人にミホシの世話を任せてしまったが……」

「まぁ、ミホシは俺に一番懐いてるし、俺も弟だと思ってるから」

「そのミホシの今後の行き先についてだ」

「あぁ……」

サティーヌの遺言で、孤児院から送り出した子供のバックアップはアンリを中心とした孤児院出身の大人たちが一手に引き受けることで決まっている。養子や里子にもらわれた先で子供たちが不幸な目に遭っていないか恒常的に見守り、各家庭で馴染《なじ》めるようにサポートを行い、独り立ちするまで後見するのが主な役目だ。

「ミホシはどうなるんだ？」

「サティーヌからだ」

アンリは胸ポケットから一通の手紙を差し出した。

「俺に……？」

それを受け取り、封を切って目を通す。

サティーヌからの手紙は簡潔で、湿っぽいのが嫌いな彼女らしい文面だった。

コウには、サティーヌのなけなしの現金が遺されていて、それを依頼料代わりに調達屋のコウにミホシの家族を見つけてやってほしいと書かれていた。

それが彼女の最期の願いであり、依頼だった。

「でも、なんで俺なんだ？」

「もちろん、俺たちや公的機関も協力する。だが、サティーヌが言うには、客の要望を見抜いてなんでも調達する調達屋のお前が適任だということだ」

「そりゃまぁ、客の欲しいものを用意するのが俺だけど……」

「詳しいことは明日以降に詰めよう」

「ん、分かった」

「今夜はゆっくり休め」

アンリはコウの頭をひとつ撫で、裏口へ足を向けた。

コウは「鍵をかけるついでだから」とミホシを抱いて見送りに出る。

「先に鍵をかけなさい。チェーンとロックも忘れずに」

「分かった」

アンリに言われて、鍵をかけた扉の小窓越しにアンリの車が出るのを見送る。

「……こーくん」

「ん〜……？　どうした？」

廊下を戻っていると、ミホシがコウの名を呼んだ。眠くて温かい子供の体温に癒《いや》されて、コウの返事もどこか眠たげで、穏やかなものになる。

「あのね……」

「うん」

「ぼくのかぞくを、みつけてください」

「うん。見つけような」

サティーヌの最期の依頼で、ミホシのお願い。

コウはミホシの耳と耳の間に唇を落として、この依頼を受けた。

＊

十日ほど孤児院で過ごした。

その間に、アンリたち大人とミホシ本人の意見を聞いて、コウがミホシを一時的に引き取ることになった。

「この家で暮らせばいい」

孤児院で暮らすことをアンリは提案した。

　コウも、間借りしている家に、しかも家主の職業が金融業の家に子供を連れていくのは如何《いかが》なものかと考えた。もしかしたら、ウェイデを逆恨みした債務者が自宅に火を放って火事……なんてこともないとは言い切れない。

「あの黒獅子、自宅で仕事はしとらん。外に事務所を構えているし、自宅の場所も公開していない。その点は確実で、安全だ」

「そうなの？　アンリ、詳しいね」

「……まぁ、狭い町、狭い業界だ。いろいろとある」

　アンリは言葉を濁したが、五年前にコウがいまの家に住むと決まった時、家主について調べたのだろう。その後も、定期的にウェイデの身辺調査をしているに違いない。

「アンリも過保護だよなぁ」

「言っておくが、俺が調べたんじゃないぞ。初めてのお前の一人暮らしにあたり、金貸しが家主では兄貴分や姉貴分である俺たちが不安だろうからと、あの黒獅子が勝手に情報開示してきたんだからな」

「…………」

「それはもうまるで結婚を前提にお前とお付き合いするかのように俺のところへ挨拶にきて、身上書を見せてきた。ちなみに、こちらでも改めて調べたが、嘘《うそ》は書いていなかった。以後、定期的に向こうから資産状況の開示と今後の将来展望についての報告がある。その点、あの黒獅子が誠実なのは認める」

「………そ、そんなことしてたんだ、あの人……」

「なぁ、本当にお前とあの黒獅子はなんの関係もないのか？　そういう関係じゃないのか？　怒らないから言ってみなさい」

「ちがう、ちがう、なにもない……。ほら、獣人って一度でも懐に招き入れた奴は可愛がるって言うじゃん？　たぶん、その習性だと思う」

「だが、ママ・サティーヌはあの黒獅子をクリスマスやバースデーパーティーに招いた。てっきり俺たちはいずれお前たちがそういうことになるのだと……」

「ち、ちがう、ちがう」

「お前にそのつもりがなくても、あの男のほうはそれとなく外堀を埋めて、囲い込みに入っているのではないか？　それに、お前からはあの黒獅子の匂《にお》いがうっすらと……」

「それはっ！　……えっと、……それは、同じ家だから……」

「………」

「とにかく、いまは俺のことじゃなくて、ミホシのこと！」

ミホシを口実にして、まだなにか言いたげなアンリから逃げた。

結局、ミホシが「こーくんのおうちに行きたい。ママ・サティーヌとそうお約束しました」と言ったことが決定打で、コウの自宅へ連れ帰ることになった。

生前のサティーヌも、「もしかしたら、私の死後、あなたのお宅でコウと一緒にミホシもお世話になるかもしれません」とウェイデに頼んでいたらしい。コウは知らなかったが、ミホシのことを話し合う都合でウェイデに連絡をとると、「ああ、マダム・サティーヌから話は聞いている」とウェイデは二つ返事でミホシの来訪と居住を受け入れてくれた。

「よいしょ……っと。ミホシ、荷物持ったか？」

「うん」

「忘れ物してもすぐに取りにこれるから、心配しなくていいよ」

「だいじょうぶ」

背中に小さなリュックを背負ったミホシがコウの腕に抱かれて、こくんと頷《うなず》く。

いつもはしっかり者で「一人で歩ける」と言ってきかないミホシも、さすがにサティーヌが亡くなったことで心細いのか、ずっとコウにべったりで、この十日間ほどはカンガルーの親子のようにくっついていた。

「表通りに出たら、タクシー拾おうな」

左腕にミホシを抱えたコウは孤児院の門を施錠して、右手で大荷物を提げ持つ。

「にゃんこのおじちゃんたちは？」

「今日は平日。みんな仕事があるんだ」

自宅まで車を出してくれるとみんなが言ったが、今日までの話し合いなどで何度も休みをとってもらったし、走って一時間の距離の家へ帰るだけだからと送迎を断った。

「……こーくん、にゃんこがいるよ」

「アンリは仕事だよ」

「ちがうよ、アンリと違うねこちゃん」

「……違う猫？」

コウが振り返ると、目の前に大きな車が停まって、ウェイデが降りてきた。

「黒いねこちゃん」

「アレは猫ちゃんじゃなくて黒獅子だ。……ウェイデ、どうしたんです？」

「迎えに来た」

「迎えに来る約束してなかったですよね」

「してなかった。だが、十日もまともに姿を見ていなかったから……」

ウェイデはコウの荷物をさりげなくその手に持ち、後部座席に運び入れる。

「心配性だ。……けど、いつものことか」

「そう、いつものことだ」

「仕事で十日くらい留守にすることはザラだし、ウェイデ、俺のスマホにＧＰＳぶっこんでるから居場所も特定できるでしょ？　そもそも、ウェイデの携帯電話に俺のバイタルデータ、五分とか十分おきに送られてるし……」

「それはそうなんだが、十五分ほど前に充電が切れた」

「あ、ほんとだ」

コウは尻《しり》ポケットの自分の携帯電話を確認して充電が切れていることに気づく。

「孤児院の固定電話に連絡をとも思ったんだが、それより先に車を走らせてお前の安全確認をしたほうが早いと思ってな。……おはよう、仔狐君《こぎつね》。俺のことは覚えているだろうか？　五年前からママ・サティーヌのバースデーパーティーとクリスマスパーティーにお邪魔している者だが……」

ウェイデは背を曲げ、尻尾をゆらゆらさせてミホシに挨拶する。

「おはようございます。ミホシ、ウェイデのこと覚えてます。毎年、みんなのお誕生日とママ・サティーヌのお誕生日、それと、クリスマスにプレゼント持ってきてくれる真っ黒の黒猫サンタさんでしょ？　あとね、こーくんが暮らしてるおうちで一緒に暮らしてる人」

ミホシは尻尾を振って挨拶を返す。

「覚えていてくれて嬉しいよ。……ところで、そのリュックには大事な物が入っているかな？」

「リュックには、サティーヌのお写真が入ってます。ミホシの玩具《おもちゃ》も入ってます。だいじです」

「では、君の席の前に置こう」

「うん。ありがとう」

ミホシは背中のリュックを下ろすのをウェイデに手伝ってもらい、「初めての車だと車酔いするかい？」「しません。お外を見てます」と尻尾と尻尾で遊んでもらって楽しげにしている。

「ミホシ、後ろの席に座ろうな」

ウェイデが荷物を置く間に、コウはミホシをチャイルドシートに座らせた。

昨日、家へ連れ帰ると電話したからか、ウェイデは朝一番で早速チャイルドシートを買って設置してくれたらしい。

「領収書回してください。経費で落としますから」

運転席に回るウェイデに、そっと耳打ちする。

「不要だ。こちらが勝手にしたことだ」

「俺もサティーヌからちゃんと依頼料もらってるから、そういうとこはきっちりしたいです」

「……分かった」

「どうも」

コウの性分を分かってくれて、ウェイデはあっさり引き下がってくれる。

　コウは「俺、後ろに座っていいですか？」と断りを入れて、助手席ではなく後部座席のミホシの隣に腰を下ろした。

「出すぞ」

　ウェイデが声をかけて車が出発する。

「こーくんのおうち、初めて。うれしい」

「なんで俺の家が良かったんだ？」

「こーくん、いつも、おうちのお庭がきれいでだいすきって言ってたから」

「庭が見たかったのか？」

「ううん。ミホシにお庭のお話してくれるこーくんがにこにこしてるから、ミホシも一緒にお庭のあるおうちで暮らして、にこにこしたいって思ったの」

「そっかぁ……」

　そうか、俺は庭の話をする時ににこにこ笑ってたのか。

　不思議だ。確かに、あの庭は見事で気に入っているが、自分ではちっともそんなつもりなかったのに、笑っていたらしい。

「こーくん、ミホシとずっといっしょにいてね」

「大丈夫、ずっと一緒にいる。お前とずっと一緒にいてくれる家族も見つけるから安心しろ」

隣の席から腕を伸ばしてミホシの頭を撫でる。

真っ黒な癖のない髪と、真っ黒な狐耳と尻尾。ミホシのこれを受け入れてくれる家族を見つけるのが当面のコウの仕事であり責任となった。

＊

ウェイデの自宅裏の駐車場には、獣人のウェイデが乗れるサイズの大型車三台分と、コウが乗るバイクを停めるのに充分な敷地がある。

そこへ車を停めると、ウェイデは表玄関へ回って荷物を運び入れた。

「家を案内しよう」

「おじゃまします」

ウェイデが玄関先で靴を脱ぐと、ミホシもそれに倣って靴を脱ぐ。

「ウェイデ、俺とミホシは離れで暮らすつもりで……」

コウは玄関先で立ち止まり、母屋へ上がるのを躊躇《ためら》った。

「台所も風呂《ふろ》もトイレもない離れでは不便だ。母屋に部屋が空いているから使うといい。離れよりも母屋のほうが暖かいし、過ごしやすい」

「いや、でも、母屋を借りるほどの……」

金銭面の話をミホシに聞かせたくなくて、コウは言葉尻を濁す。

「それはまた後で話し合おう。どちらにせよ、当分の間、この小さな黒狐殿が過ごす家について知っておいて損はない。……どうだろう？　これから家の探検をしないか？」

「しっぽ握っていい？」

「どうぞ」

「ありがとう。ねこちゃん」

ぺこっと頭を下げて、ミホシはウェイデの尻尾を握る。

「これからは同じ屋根の下で暮らす同居人だ。ウェイデと呼んでくれ」

「じゃあ、ミホシのことはミホシって呼んでくれる？」

「分かった、そう呼ばせてもらおう。あぁ、それと、今日からはお邪魔します、ではなく、ただいま、だ」

「ただいま？」

「おかえり。コウも、おかえり。……さぁ、二人とも出発だ」

ウェイデが先を歩き、尻尾を握ったミホシが続く。

「……待って、待ってください。俺も行きます」

コウも慌てて靴を脱いで玄関に上がり、二人の後を追った。

「ここは、元は妓楼で、……妓楼というのは、あー……それはまた追々にしよう。まぁとにかく古い建物で、リノベーションされている。地下一階、地上二階建てだ。地階は危ないからミホシは行かないように」

「はぁい」

「あの……、地階ってなにがあるんですか？」

「もとは遊女の折檻《せっかん》部屋と地下牢《ちかろう》だ。いまは食糧庫になっている。食材や買い置きしてあるものは好きに使ってくれ。もちろん、自分で買ってきた物を置くために使ってくれても構わない。普段は地下へ下りる扉には鍵をかけていないんだが、ミホシが来るというので鍵をかけることにした。これがスペアキーだ。渡しておく」

「…………」

有無を言わさず握らされて、コウは突き返すこともできず、自分の財布に入れた。

「四角いおうち……、おうちのなかに、お庭がある……これがこーくんの好きなお庭？」

ミホシは右手でウェイデの尻尾を、左手でコウと手を繋ぎ、コウを見上げる。

「いや、これは俺の好きな庭とは違う庭。……でも、この庭もきれいだな」

コウも、母屋に入ったのは数えるほどだ。

家の外観は中国風の妓楼で、四合院《しごういん》造り。

屋内は、中央にシノワズリ風の中庭があって、その中庭を取り囲むように四角く回廊があり、四方に部屋が配されている。

二階は、欄干のある廊下から中庭を見下ろせた。

中庭には、山に見立てた鍾乳石《しょうにゅうせき》があり、水晶や淡水真珠を敷き詰めた小川が流れていて、陶器で造られた橋梁《きょうりょう》がかけられ、樹木や花の代わりに、青磁や白磁の鉢植えに宝石や珊瑚《さんご》で造られた木々や草花が活けられていた。本物の草木は使われておらず、まるで、粋を凝らした芸術品の展示場だ。

廊下には一対の景徳鎮《けいとくちん》の壺《つぼ》、長方形に刳《く》り貫《ぬ》かれた壁面には金の香炉が飾られている。窓という窓はミラータイルやガラスタイルでキラキラと輝き、庭や廊下に不思議な模様を映し、ゆらゆらと海のなかを漂っているかのような風合いや、オーロラに包まれた世界を描き出す。

広い玄関から右回りに廊下を進むと、かつては客の待合室だった応接間、二階へ続く階段と地下へ続く隠し階段の扉、厨房《ちゅうぼう》と土間、その奥に洗濯場と風呂場、従業員の休憩室や食事所があり、西側に宴会場、楼主の居室があった。

楼主の居室が、いまでは、ウェイデの仕事場兼金庫室だ。この家で金貸しの仕事はしていないし、貴重品や重要な書類は別の事務所に置いてあるらしいが、金貸しとは別に携わっている実家の仕事はこちらでしているらしい。

「さて、二階だ。古い階段で、一段が高いから気をつけなさい」

「はい」

「ミホシ、慣れるまでだっこしよう」

「うん！」

ミホシは嬉しそうに頷いて、コウの腕に抱かれる。

ウェイデが先を譲ってくれるから、コウが階段に足をかける。

ウェイデが後から上ることで、もし、コウが足を滑らせた時にも抱きとめられるよう気を配ってくれていた。

「……絨毯《じゅうたん》が、新しい？」

コウが、その階段に目を留めた。

以前にはなかった滑り止めが設置され、絨毯も新しく歩きやすいものに変わっていた。階段や手すり周辺の角という角には緩衝材が設置されている、これなら、もしミホシが転んだり、頭や体を打ったりしても怪我《けが》をしないだろう。

後ろに続くウェイデを見やると、「昨日の今日で急場凌《しの》ぎだが、使い勝手は悪くなさそうで安心した。あとは、二階の階段部分に落下防止柵《さく》を付けようと思っている」と、ミホシのために自宅を改装することが当然のように言ってのけた。

「ミホシのためだけではない。お前のためでもあるし、俺のためでもある」

「……？」

「もし、お前が慣れない家で寝ぼけて階段から落ちたら俺は後悔するし、それでお前が怪我でもしたら後悔してもしきれない。だから、俺の心の安寧のために、より快適に過ごせるようにするんだ」

「……………いや、まだ、こっちで暮らすって決まって……」

「先行投資したんだ、無駄にさせないでくれよ」

「………」

押しが強い。

気がついたらじわじわと外堀が埋められていっている。

アンリの言うとおりだ。押しつけがましくなく、さりげなく、囲い込まれている。きっと、コウが絨毯のことに気づかなかったら、ウェイデはそのまま さらっとさらに囲い込みを増強させていただろう。獣人の囲い込みと仲間意識の強さは生半可ではない。

「さて、二階だ」

「わぁ……ママ・サティーヌのおうちによく似てる！」

ミホシが歓声を上げた。

二階は遊女が客を取っていた部屋だが、いまはクローズドスペースで、基本的に他人を入らせない。北側の二部屋をウェイデが寝室と書斎として使っていて、東側が箪笥《たんす》部屋と物置、南と西に使っていない部屋がいくつもあった。

この世界には、人間と人外と獣人の三種類がいて、体型や見た目が多種多様だ。遊郭や賭博場《とばくじょう》、公共施設はありとあらゆる種族に対応できるよう、間口は広く、天井は高く、階段も幅広に造られている。特に、獣人用は、一部屋の区分も人間とは別規格で、家具や調度品、窓や建具、食器、電化製品、風呂、ソファ、ベッド、なんでも大きかった。

かといって、この家は、人間のコウが生活するのにさほど不便な造りではない。それはおそらく、遙《はる》か昔、ここが遊郭だった時に春を売っていた女たちの大半が人間だったからだろう。

人外や獣人の遊女やコールガール、高級娼婦は、それぞれ自分たちの生まれ育ったコミュニティにある売春宿や元締めの世話になることが多い。こうした業界にも派閥や棲み分けがあって、当たりが悪ければ、……特に、生き抜く知恵に乏しい孤児は一方的に悪い大人たちに搾取され続けて酷《ひど》い目に遭う。

コウやミホシだって、サティーヌに拾われていなければ、路地裏で体を売って日銭を稼ぐしかなかった。こんなきれいなお屋敷で春を売って這《は》い上がるチャンスを得ることもなく、ドブ鼠《ねずみ》みたいに這いつくばって死んでいたに違いない。いまだって、一歩間違えれば、すぐにこの世の底だ。自分が道を間違えなくても、どれだけ正しく生きても、商売敵や客に逆恨みされてしまえば、人生なんてあっけなく終わってしまう。

「こーくん、いたい……」

「ごめん」

ミホシと繋いでいた手をゆるめた。

ミホシにだけは、なにがあっても身元のしっかりした正しい職業に就いた優しい親元へ引き取ってもらう。なにひとつとして間違いのない親を調達することがコウの役目だ。

「大丈夫か？」

「なにがです？」

ウェイデに問われて、コウは質問で返す。

「なんともないなら、それでいい」

「なんともないです」

「こーくん、あっち、ミホシ、あっち見たい！」

「分かった分かった。……あんまり急ぐと危ないぞ」

ミホシに手を引かれて、廊下の欄干越しに一階の中庭を見下ろす。

「宝石のお庭、きれい……」

「きれいだなぁ……」

二人して口を開けて中庭の美しさに圧倒され、ウェイデに「上を見てみろ」と指で示された天井を見上げれば、まるで真っ白な孔雀《くじゃく》が羽を広げたようなシャンデリアがあって、二人してもっと大きな口を開けて「ふぁ〜」と間抜けな歓声を上げる。

一階はシノワズリだったが、二階はコロニアル様式で、彫刻の施された白壁に大理石の柱と床、白い窓枠と大きな窓が印象的だった。

廊下にはペルシャ絨毯やなにかの毛皮が敷いてあったり、黒檀《こくたん》や紫檀《したん》の卓子や椅子が品よく配置されている。廊下でさえこんなにも豪勢なのだから、それぞれの部屋は一体どれほど美しいのだろう。コウやミホシには想像もつかなかった。

「ミホシが気になっている庭は……離れのほうから見るか」

「ミホシ、下だってさ」

「こーくん、早く行こ！」

ウェイデに促されて一階へ下りた。

これはもう家の探検というより、重要文化財の社会見学だ。

一階の奥、コウも知らなかった特別な細い廊下を抜けて、扉をひとつ潜《くぐ》るとコウが借りている離れのある庭へ出た。

「こっちは本物のお庭だね」

「そう言われてみればミホシの言うとおりだ」

離れの庭は、本物の木が植えられて、花が咲き、湧《わ》き水を汲《く》み上げられる井戸があって、その湧き水を分水した小さな池もあり、季節によっては蓮《はす》の花が咲く。

ここだけはすべて自然物で構築されていた。

「昔、この離れは特別な客……上得意だけを通した。そのためか、手間暇かけて丹精した本物だけを提供したらしい」

「はー……酔狂というか、特権的というか、まぁ……この離れに通された客は自尊心が満たされただろうし、この離れに通されたいと思う客は頑張って通って金を落とすだろうなぁ……」

オンナも建物も庭も本物を見せるのは本物が分かる上得意だけ、という意味合いがあったのだろう。この離れを使っていたのも、この妓楼で一番の売れっ妓だったらしい。

それを聞かされたコウは、「道理で、やけにこの離れ周辺だけ高い塀に囲まれてると思った。通用門がないのも遊女が逃げ出さないためだし、不埒《ふらち》な外敵から遊女を守るためだ。……そう考えると、俺、すごい離れで暮らしてるな……完全に囲われ者の立ち位置じゃん」と改めて思った。

なんとなく、「この離れ、外から侵入者が入ってこないし、ウェイデが監視カメラ付けてくれてるし、防犯面も安心できるな～、母屋に貴重品とか骨董品《こっとうひん》とか多いのかな～」などと呑気《のんき》に考えていた。

「どうした？」

「なんでもない。ちょっとウェイデは油断ならない男だと思った」

そもそも、この離れに住めばいいと勧めてきたのはウェイデだ。

もしかしたら、ウェイデは自分のお気に入りを囲い込みたい男なのかもしれない。

コウは、甘えすぎずに自分をしっかり持とう、と気を引き締め直した。

「こーくん、ミホシとこーくんは、こっちに住むの？」

「そうだよ。庭、きれいだろ。朝はもっときれいだぞ」

「お風呂とおトイレは？　ミホシ、夜、お布団に入る前におトイレに行くよ？」

「風呂とトイレは母屋のを借りるんだ」

「………遠い。よる、まっくら……」

夜の離れと庭を想像したのか、ミホシはウェイデの尻尾に両手でしがみつく。

「こわくないって。ちゃんとウェイデが夜間照明点《つ》けてくれてるし、人感センサーもあるから」

「なぁ、やはり母屋がいいと思うぞ。これからミホシは三食をこの家で食べるんだろう？　母屋から離れまで毎回食事を運ぶのか？　それ以前に、お前、この家で料理を作ったことがないだろう？　食事や風呂のたび、毎日母屋まで足を運ばなくてはいけない。朝の寒い日に、雪の降る夜に、大雨や大嵐《おおあらし》の日に、夏の暑い日に、この庭とあの狭い廊下を渡って母屋まで来るのか？　それはあまりにも可哀想《かわいそう》だ」

「……確かに、それは……ミホシが可哀想だ」

「お前も可哀想だ。お前たち二人が寒いなか鼻や手や頬を赤くして凍えそうになりながら上着を着て離れを往復するなんて、とてもではないが俺が耐えられない」

「………俺も可哀想なのか」

「お前もだ。せっかく風呂に入って腹いっぱい食って身も心も温かくなっても離れに戻る間に冷えてしまう。ヒートショックにでもなったらどうする。……うん、やはり、この狭い離れでは生活しづらいな。母屋に来るといい。前々から思っていたんだ。朝、顔を洗うにしてもこの井戸水は冷たすぎる」

「……その冷たいのが、目が醒めて気持ちいいのに……」

「分かった。では、これからは俺が井戸水を汲んでお前の寝床に運ぶから、母屋にしよう」

「どうしても母屋で暮らさせたいんですね？」

「そうだ」

「お庭は？　こーくんのにこにこするお庭は、このお部屋じゃないと見れないの？」

「母屋の西側にある特別室からもすこしだけ見られる。ちょうど西には空き部屋がある。離れの庭も、母屋の中庭も、両方見ることができるぞ」

「じゃあそっち！　こーくん、おねがい。ミホシ、お庭が両方見れるお部屋がいい。ウェイデ、今日からよろしくお願いします」

ミホシがさっさと自分で決めて、深々とウェイデにお辞儀する。

「……ミホシ、もう決定しちゃったの？」

「うん。こーくんも、ミホシといっしょにおねがいします、って言って？」

コウの手に尻尾をくるんと巻きつけて、コウにも一緒にお辞儀をさせる。

「……じゃあ、あの、すみません、母屋で世話になります」

「こちらこそ、よろしく頼む」

ウェイデも胸の前に手を当てて、優雅に一礼した。

＊

早速、その日の夜から母屋で休むことになった。

西側の部屋は掃除が行き届いていて、ウェイデが子供用の寝具からなにからなにまで用意してくれていた。

新しい環境のせいか、場所見知りしたミホシがなかなか寝つけずにいたが、離れの庭を遠景に臨むベランダに出て、毛布で包んで抱いて根気よく寝かしつけるうちに、ようやく眠ってくれた。

動くとまたミホシが起きてしまいそうで、コウはベランダに置かれている二人掛けの長椅子に腰かけ、ぼんやりと夜の庭を眺め続けた。

二階から離れの庭を見るのは初めてだ。違う角度からでもその美しさは損なわれず、これはこれで趣がある。なぜこんなに目も心も奪われるのかと考えるけれど、漠然とこの雰囲気が好きなだけの気もする。

なんとなくではあるが、離れの庭は自分の性分に合っている気がした。井戸の正方形の屋根、等間隔の敷石、左右非対称に見えて区画ごとにきっちりまとまった植木、すべてが正しく、整然として、すっきりしている。そういうのが好きだった。

今日はこのまま朝まで庭を眺めているような気がする。ちっとも眠気が訪れなくて、なにをするにも億劫《おっくう》だ。頭のなかは空っぽで、尻に根が生えたように座り込んでしまい、驚くくらい無気力だった。

ミホシが眠ったら、一階に下りて、まだ起きているウェイデに明日からのことや家賃について話を詰めて契約を結び直さないといけないし、ミホシの朝食や仕事の予定を立て直そうと考えていた。

するべきことが分かっているのに、体が動かない。

いつもと変わらずにそこにある庭の木々や建物に安堵《あんど》しつつ、初めて見る場所からの景色に所在なさも感じる。

その庭先に、黒い影が現れた。

ウェイデだ。

防犯用の照明に黒獅子が照らされている。

ウェイデは離れや玄関の施錠を確認しているらしい。

獣の本能なのか、コウの視線に気づいて視線を持ち上げ、ベランダのコウを認めると、

「そちらへ行く」と身振り手振りで伝えてきた。

五分か十分ほどで、ウェイデが毛布と飲み物を片手にベランダへ姿を見せた。

「風邪《かぜ》をひく」

「……ありがとう」

肩に毛布をかけられて、保温の効いたマグを握らされる。

「代わろう」

さらりと自然な動作でミホシを自分の腕に抱き、コウの隣に腰を下ろす。

どっしりとした胸板と逞《たくま》しい腕に抱かれて寝心地が良くなったのか、ミホシはふにゃふにゃと狐目と耳をゆるめてウェイデの懐で丸まった。

特定の時以外、コウとウェイデの距離が近くなることはない。そういう親しい関係ではないし、隣り合って座るのもたぶん初めてだ。至近距離で接すると、ウェイデの匂いがよく分かる。他人の匂いなのに、邪魔に思うことはなく、どことなく落ち着く。

触れるか触れないかの距離なのに、ウェイデと隣り合っているほうの肩が、ミホシを膝に乗せている時のように暖かい。黒獅子の上等の毛皮と、大きな体と筋肉から発せられる体温のおかげだ。天然物の湯たんぽみたいだ。傍《そば》にいるだけで、じわじわと、体が、頬が、

耳が、火照《ほて》る。

「いただきます」

自分のドギマギを誤魔化すように、マグに口をつけた。

コーヒーとスパイスの芳香、温かいミルクの甘さがコウの鼻先をくすぐる。子供の飲み物みたいな匂いなのに、鼻の奥にシェリー酒の香りが絡むから、これが大人の飲み物だと分かる。

「温まると思って持ってきたが、……苦手だったか？」

「初めて呑みます」

喉《のど》を通るミルクのとろりとした食感。胸の奥をじわりと焦がすように締めつける熱。かすかな胸の高鳴りと、舌の上に広がる風味に喉を鳴らす。それらが腹の底に流れていく感覚を味わって、肩から力を抜いてひと息《いき》つくと、その溜《た》め息すら甘い。

「一気に呑むなよ、そんなものでも酒は酒だ」

「……うん」

「ぼんやりしていたが、大丈夫か？」

「庭を見てました。大丈夫、です」

「疲れた顔をしている」

「…………」

額にかかる前髪をそっと耳にかけられる。

その手が優しくて、甘い飲み物と一緒に腹の底へ流したはずの胸の高鳴りが息を吹き返す。シェリー酒のせいにしようにも、微々たる量のそれでは偽りようがない。

「ミホシのことですけど……」

「ああ、どうした？」

「一緒に暮らすから簡単に説明しておきます。……ミホシの両親は誰《だれ》か分かりません。どこから来たのかも分かりません。狐耳と尻尾があって、黒目黒髪だから、たぶん俺と同じ東洋系です。俺は人間だけど、病院で調べてもらった結果、ミホシは人外の血がうっすら混じってるらしいです。サティーヌが保護した時には一人で貧民街で死にかけてて、持ち物もなんにもなくて、名前が刺繍された服を着てました」

「そうか……」

「ミホシがサティーヌのところへ来た頃には、俺はもう孤児院を出てたんですけど、傍に黒目黒髪がいると情緒が安定する？　とかで、俺はけっこう傍にいました」

「そういえば、毎日三時間くらいだっこしに行ってたな」

「そうそう、それです。サティーヌがバイト代払ってくれるっていうから。……ブルネットはいるけど、真っ黒の黒髪って少ないし、俺もミホシも孤児院で黒髪は二人だけだったから、親近感が湧いたんだと思います」

物心ついた時から、ミホシはコウの後追いをして、コウを自分の親類かなにかだと思っている節があった。

一時期は「どうしてこーくんには、おみみとしっぽがないの？　おみみとしっぽ生やして？」とぐずられたこともある。

「確かにミホシはお前に一番懐いているようだが、ミホシにはお前以外にも頼れる大人はたくさんいる。お前のきっちりした性分は知っているが一人で背負《しょ》い込まないように。それと同様に、お前にも頼れる人はたくさんいるし、もちろん、俺も……」

「俺は、一年や二年はミホシの面倒を見るつもりでいます」

「一年や、二年……」

「養親候補の人とミホシが家族になるには、何度も面会して、ちょっとずつミホシと会う時間を増やして……、相性を見るのに一年や二年はかかります。人外じゃなくても、大体そういうもんらしいです。それに、人外の血が混じってると、成長してから特殊な能力っていうか、本能とか第六感みたいなのが発達してきたり、人間とも獣人とも違う病気になったりすることがあります」

「人外の血は稀《まれ》だからな。医者の数も少ないし、将来的に不透明な部分が多い。養親候補もそれを覚悟してミホシと家族になる必要があるということか」

「だから、俺はミホシの生活が落ち着くまでは何年でもずっと一緒にいるつもりにしてます。いまはこの家に世話になってますけど、いずれはここを出て外に部屋を見つけるか、孤児院のほうに住むつもりです」

「ずっとここにいればいい」

「ウェイデはそう言うけど、もしかしたら、一年や二年じゃなくて、もっとかかるかもしれないいんですよ？　さすがにそこまで世話になるのは……」

サティーヌが生きている頃からミホシの養親候補は探していたし、小さい子のほうが養親候補が見つかりやすいはずなのに、人外の血が混じっているというだけで敬遠され、候補を選出するだけでも難航した。

ミホシも我が強いところがあって、自分の決め事にそぐわないことには首を縦に振らないし、養親候補と会いたくないと言い張ることもあった。

もし、長期間にわたって見つけてあげられなかったら、ミホシと一緒にいる時間はもっと長くなる。

「俺への迷惑を考えているなら、そんなことは考える必要ない」

「家賃のこともあります。離れでさえ格安で貸してもらってるんです。このうえ、母屋も同額ってわけにはいきません。それならいっそこの家を出て孤児院で暮らしたほうが経済的です」

「家賃は据え置きだ」

「いや、そういうわけには……」

「お前は何事にも、……特に金銭面はきっちりしていて貸し借りを作ることを嫌うが、今回ばかりは俺の善意に甘えておけ」

「甘えさせてもらう理由がないです。こないだも食料を差し入れてもらったのに……」

「可愛い店子を特別扱いするのが俺の流儀だ。家賃についても、家主の俺が決める。ここは俺の家だから、俺の流儀に従ってもらう。あぁ、それと、善意だけではなく好意もあると思ってくれていい」

「厚意？　思いやりがあるのは、これまでも世話になってるから知ってます」

「下心のほうだ」

「……下心があるなら、猶更《なおさら》、家賃は相場を払います」

「そんなにもらっても困る」

「笑いごとじゃない」

ウェイデが鷹揚《おうよう》に、それでいて朗らかに笑い、コウの気の回しようを優しくはぐらかす。

なにも心配しなくていい。そう言ってくれるのはありがたいが、借りは作りたくない。

「お前のところの心配性なアンリからも電話があってな、サティーヌの資産では賄えぬミホシにかかる費用は余裕のある兄弟姉妹たちで出し合うそうだ」

「……」

大人同士の間でそういうことになったからコウは心配するな。そう言いたいのだろう。たぶんきっとアンリから電話があったのではなく、ウェイデからアンリへ電話したのだ。コウがいろいろと一人で抱え込んでいるから、兄弟姉妹で費用を出し合うことにしておいてくれ、実際に支払ってもらう必要はない、とでも言ったのだろう。

コウがアンリに確認の電話をしても、そこはきっと「大人同士で話し合ったからお前はなにも心配しなくていいよ」と言われておしまいのはずだ。

「大人は勝手だ」

「怒ってくれていい。だが、お前がすることは責任に圧《お》し潰《つぶ》されたり、金銭の心配に悩むことではなく、ミホシのことを考えて、お前自身の心に向き合うことだ」

「………俺、自身……」

「お前も親代わりを亡くしたところだ」

「あぁ、そうか……」

忘れていた。

自分も、サティーヌを亡くしたのだ。

「可哀想に」

「……なにが可哀想なんですか？」

「葬儀やらなにやらで忙しくしているうちに悲しむ時を逃した」

みんながサティーヌを亡くしたことを悲しんでいるからと遠慮して、一人でぜんぶ雑事をまっとうしようと頑張りすぎて、ウェイデに指摘されるまでコウ自身も親代わりを失ったことに気づけていなかった。

「でも、そんなに可哀想じゃないです。俺は最後の一年で一番長くサティーヌの傍にいられたから……幸せ者です」

「お前が一番年下なのに、お前一人に一番つらい役目が回ってきた」

弱っていくサティーヌから目を逸《そ》らさず見守り続けるのも、老い衰えて日に日に死が近づく彼女を看病するのも、夜中に泊まり込んで苦しむ彼女の背をさするのも、彼女が心細くさみしい時に一時間でも二時間でも手を繋ぐのも、すべてコウがした。

これから一年かけて彼女の遺品整理を行うのもコウだ。

コウは毎朝ランニングのついでにミルクとパンを配達するのが調達屋の仕事と理由をつけて孤児院を訪問していたが、それはサティーヌに気遣わせずに二人の様子を見に行くための優しい口実だ。

「お前は毎日頑張った」

「……………うん」

労《ねぎら》いの言葉を、どう受け止めていいか分からない。

サティーヌのために頑張るのは当然のことで、褒められることではない。

でも、そうした頑張りを見ていてくれた人がいることは嬉しい。

朝、走る時間に合わせて見送りに出てくれたり、体調を悪くしたり仕事で困ったことがあったら助けられるようにGPSで見守ってくれたり、この間みたいに食料を差し入れてくれたり、家族じゃないのに、家族みたいに寄り添ってくれた。

コウが重荷に感じない範囲で、適度な距離感で、これまでずっとコウの頑張りを見ていてくれた。

「俺が頑張れたのは、ウェイデのおかげかもしれないです」

「それは思ってもみなかった言葉だ。俺が役に立ったのなら嬉しい」

「俺、アンリたちみたいにお金も持ってないし、サティーヌの傍にいても助けてあげられないし、医者みたいに苦しいのも取り去ってあげられないから、ずっと悔しくて、無力感しかなかったんです」

「これまでお前が実務を買って出ていたからこそ、周りのみんなは働いて金銭面や医療面でサポートできたんだ」

「みんな、医者だったり弁護士だったり、それぞれ仕事があるけど、俺は調達屋で時間に融通が利くし、体力だけは自信あったから……。それに、俺、頭良くないですし……」

「そうは言うが、お前も立派に学業を修めているし、定職に就こうと思えば充分にそうできるだけの人間性と能力がある。サティーヌが患ったのが五年前、お前が孤児院を出たのも五年前。お前、その時に、定職に就いていると、いざという時に面倒を見れないからと今の仕事を……」

「そういうのは言いっこナシですよ。その代わり、アンリたちは高給取りだからサティーヌの病院代とか個人で雇った家政婦さんとか看護人さんの代金を援助してたし、孤児院の里親探しもアンリたちがぜんぶやってました。俺はお金がなくてそれができないから時間と労力を提供しただけです」

「役割を分担したんだ。家族の全員が納得しているなら、それがなによりだ。まぁ、俺としては、ただでさえ笑顔の少ないお前から日に日に表情が失せて、落ち込んでいく姿を見ていて可哀想でならなかったが……」

「……心配かけてすみません」

「これからはもっと俺を頼るといい。手伝えることもあるだろう」

「でも、ウェイデは無関係だから。……ミホシのことでもこんなに良くしてもらってるんだから、さすがにこれ以上は……」

「家族のように、お前を助けたいと思っている」

「…………」

「普段は頼らなくてもいい。それがお前だ。自分のことは自分でする性格だからな。……だが、お前が疲れている時に、都合良く頼ってくれればいい」

「……疲れてない」

「疲れてるんだ。気持ちが。そういう日は、そんな寝不足な顔をしてやつれているのに、眠れぬままずっと庭を見て、頬が赤くなるほど寒空の下で途方に暮れて、いつまでも眠れずに朝を迎える」

「……ああ」

ああ、そうか、俺は疲れてるのか……。

心が疲れていて、眠れないのか……。

やっと客観的に自分の状況を把握できた。

把握できたら、次は、それを乗り越えなくちゃいけない。これからもずっと自分一人で生きていくのだから、ちょっと疲れたからと言ってウェイデに甘えたりしてはいけない。ミホシのこともあるのだ。気を引き締めて、頑張って、ちゃんとして……。

「……っ」

なんだ、これ。

ぼたぼた、ぼたぼた、勝手に涙がこぼれてくる。

拭っても、拭っても、鼻を啜《すす》って目を閉じて我慢しても、次から次へと滲んで、いっぱい溢れてくる。息ができなくて、吸ってばかりで、泣き声でミホシを起こしたくなくて嗚《お》咽《えつ》を呑み干す。

喉の奥がきゅうと痞《つか》えて、苦しい、悲しい。

ウェイデはなにも言わずコウの頭を自分の胸に抱き寄せて、ミホシが起きないように泣き顔と泣き声を隠してくれる。

それから、慰めてくれている。

「泣かせてすまん」

「……いい、……ぁ、ぁありが、と……っ」

震え声で、礼を言った。

泣く機会をくれてありがとう。

前の時は、……十歳で家族を亡くした時は泣けなかったから、今回は泣けて嬉しい。

悲しいのに嬉しいなんておかしい。

ウェイデの胸を借りて、そこに顔を埋《うず》めて、泣いているから息苦しいのか、胸板の厚さと鬣のふかふかのせいで息苦しいのか、両方のせいなのか分からないまま、涙を流す。

「コウ、弱っている時につけ入るようで悪いが……」

「……なに」

「俺と家族を作らないか？」

「………作らない」

作りたいけど、作らない。

ウェイデと家族を作りたいけど、作らない。

コウは、ウェイデの好意も、下心も、これまでの過分な心配も、過保護の理由も理解している。ウェイデのコウに対する言葉遣いは終始甘ったるく、コウを見つめる眼差《まなざ》しは溺《おぼ》れるような愛に満ちている。

ウェイデはコウが好きだ。

実のところ、コウも、ウェイデのことは好きだ。

これが両片思い状態だということをウェイデが気づいているかどうかは分からないが、コウは自分の気持ちを伝えるつもりはない。恋人になりたいとか付き合いたいとかいう気持ちも起こらない。たとえ態度で丸分かりであっても、「俺はウェイデが好きじゃないよ」と言い続ける。

コウは、人一倍家族というものに憧《あこが》れているし、強い執着を持っていて、自分もいずれは家族を持ちたいと思っているけれど、自分の生い立ちや、現在の状況や仕事の都合なんかを鑑《かんが》みると、ウェイデとも、誰ともそういう関係にはなれない。

好きな人の……、特に、ウェイデの職業を考えれば考えるほど、絶対にその一歩を踏み出せなかった。

「せめて、俺ではだめな理由を教えてくれるか？」

「教えたら諦《あきら》めますか？」

「諦めない」

「じゃあ教えない」

「分かった。いまは引き下がろう」

「なんで？」

「お前がしっかりとサティーヌのことで悲しんで泣くために」

「…………」

またひとつ強く胸に抱かれて、コウは「もう涙引っ込みそうですよ」と泣き笑いした。

でも、やっぱりウェイデの毛皮の温かさに埋もれているうちに、また涙腺《るいせん》がゆるんで、じわじわ、じわじわ、涙が滲んで、その涙が毛皮に吸い取られていくたびに、この悲しみをウェイデが引き受けてくれているような気がした。

ここに自分が独りじゃないと思えることが、なによりもコウを慰めた。

【2】

五年前。

十八歳のコウは二十八歳のウェイデと出会った。

孤児院を卒業したばかりのコウは調達屋として本格的に働き始めて間もなく、仕事は順調だったが実入りは少なかった。仕事を始めたばかりの十八歳に大金の動く仕事は回ってこなかったし、そういう大きな仕事はキャリアのある調達屋に独占されていたからだ。

コウに回ってくる仕事といえば、先に孤児院を卒業した姉や兄のツテで紹介してもらったものや、自分でとってきた小口の単発仕事だったが、微々たる額ではあるが孤児院に仕送りできる程度には稼げていた。

そんななか、体調を崩しがちだったサティーヌが病に倒れた。間の悪いことに、同時期に、孤児院を含む土地一帯が区画整理で立ち退《の》きを命じられ、サティーヌや周辺住民が金銭的に困っていることを知った。アンリをはじめとした大人たちは問題解決に奔走したが、このままあの土地に住み続けるには土地を購入する必要があるという結論に至った。

孤児院の土地はアンリたち大人がお金を出し合えば守れるが、その周辺の住民は立ち退かざるを得ず、街そのものも一掃され、サティーヌの愛した街の景色を守ることはできない。アンリたちも「諦めるしかない。何十億という金銭を短期間で用意するのは困難だ」とお手上げ状態だった。

孤児院にいた頃は、コウも、あの土地に育ててもらった。近所に住む人たちにも優しくしてもらったし、同じ区画には孤児院にボランティアで来てくれていた人たちの家もたくさんあるし、年寄りが多く住む地域だ。これから立ち退いて引っ越しをしたとして、環境の変化についていけるほど心身は強くない。

孤児院一帯を守るために莫大《ばくだい》な金銭が必要になった。

それも、一攫千金《いっかくせんきん》でしか得られないような金額だ。

コウは、調達屋として大きな仕事を請け負えないかと考えた。アンリたち大人にはもうそれぞれ家庭や社会的立場があったから、それらを失うような博打《ばくち》は打たせられない。打って出るならまだ年若く、守るものも家族もない自分だとコウは思った。

コウは知り合いの情報屋に手当たり次第情報を求めた。情報屋にもランクがあって、値段が安ければ三流、値段が高ければ一流だった。幸いにも、一流のなかでも特別一流の、普段ならコウなんて歯牙《しが》にもかけてもらえないモリルという情報屋から、ハイリスクハイリターンの仕事の情報を売ってもらえた。

なぜ、コウに売ってくれたのかは分からない。モリルに理由を問うても、「私、東洋系の美少年に弱いのよ……」などとはぐらかされた。……あとで知ったが、モリルは本当に面食いらしい。

モリルの情報を信じて、コウはチャイナタウンに向かった。

チャイナタウンのマフィアのボスが、コウの依頼主だった。マフィアのボスは、六歳になる愛娘《まなむすめ》の誕生日祝いに特別な宝石を贈りたいと考えていた。特別な宝石というのは、愛娘の誕生石である青いダイヤモンドだ。

近々、開催されるオークションでそれを必ず落札するのがコウの仕事だった。どうやら、チャイナマフィアである彼らはそのオークションに出入り禁止にされているらしい。だから、コウに調達してこい、というのだ。

強奪したりしないあたり、まだまっとうだと思った。それに、核弾頭ミサイルの調達や人身売買の片棒を担がされたり、麻薬の密売に加担させられるよりも、宝石のほうがずっと気楽に仕事に臨めた。

ただ、問題が発生した。宝石を競り落とすには、資本金が必要になる。

マフィアは先払いしてくれないし、コウもそんな大金を持っていない。そもそも、そんな大金を持っていたら、実入りの良い仕事を探さずとも孤児院一帯の土地を一括購入できる。

「……モリルさん、初見の俺にすっごい大金を貸してくれる人どこかにいません？」

『アンタね、なんでもかんでもアタシに訊《き》くんじゃないわよ』

「ちゃんと情報料払いますから……」

『うち、高いわよ？　アンタそんなお金持ってるの？』

「ギリギリですけど、全財産はたいて支払います。……ちょ、っと待ってください。いま、入金するんで……」

喋《しゃべ》っていた携帯電話で、ネットバンクのありったけの現金をモリルに振り込む。

『……んもう、しょうがないわね。……じゃあ、旧歓楽街地区のウェイデって黒獅子の獣人を訪ねてみなさい。金貸しやってる男で、その男は、直《じか》で面接して、信頼に値する客だと判断したら、初見でも天井知らずのお金を貸してくれるわ』

「変な奴ですね」

『……アンタねぇ……もう、まったく……確かに、変な奴なんだけど、まぁとにかく行ってみなさい。アンタが行くって連絡はしといてあげるから』

「はい。ありがとうございます」

電話口で頭を下げて、通話を終える。

ひと息ついて、「金貸しかぁ……」と、嘆息した。コウがこの世で最もかかわり合いになりたくないのが金貸しだ。あのろくでもない職業とは相性が悪い。大嫌いだ。

金貸しは、自分のことも、周りのことも、不幸にする。

だが、金が必要だ。好き嫌いを理由にして逃げてはいられない。

コウはモリルに教えてもらった住所に向かった。

「おや、庭先で土下座とは古風な」

「突然お訪ねして申し訳ありません。金を貸してください」

土下座したのは、あの、離れの庭だ。

裏口の門扉を叩《たた》いたコウは、その門扉が開かれ、庭先へ招き入れられるなり、その場でウェイデに土下座した。裏口ですら立派な門構えで、そこが表玄関だと勘違いしたのだ。

モリルが事前に連絡してくれたおかげで、ウェイデはコウの話を聞いてくれた。

コウも、庭先で正座して土下座なんて無駄で厚かましい行為だと分かっていた。金貸しが情で動くはずないし、彼との間にはなんの信頼関係もない。それでも、借りる側の礼儀として頭を下げた。

「保険でもなんでも入ります。返せなかったらその時はそれで回収してください」

「この大金を必要とする理由を問うても？　返すアテのない一見に貸すにはすこし大きな額だ」

コウの言葉には応えず、ウェイデはそれだけを問うてきた。

「それは、そう……、あなたの言うとおりです」

コウは観念して洗いざらい喋った。

金貸しに何事もすべて詳《つまび》らかにする必要があるのか否かは分からなかった。なにせ、コウも金貸しから金を借りるのは初めてだ。ただ、嘘をついたり、自分に都合の良い話をして偽るよりは……と、チャイナマフィアのボスからの依頼も、孤児院一帯を地上げ屋から守るために大金が必要なことも正直に話した。

「お前一人で背負い込むには大きすぎる話だ」

「そうなんですけど、一人だからこそできる無茶ってありますよね」

「なるほど。……で、現金か、小切手か、振り込みか」

「あ、……っと」

まだそこまでは考えていなかった。

「お前、本当に……ぎりぎりで行動しすぎだ……」

最終的にウェイデは金を貸してくれたが、コウの経験値の低さを危ぶんだのか、「ついでだ」と言って大金を動かせるコウの口座を電話ひとつで用意してくれたし、オークション会場に出入りする正規の許可証や会員証も用意してくれた。

「会場に出入りする権利はおろか、タキシードすら持っていなかったとは……」

「いや、あの、権利のほうは、さすがに俺も調達屋なんで……偽造したやつを調達しておりまして……」

「それはどこから手に入れた？」

「……スラムの……っ、ぐ」

「そのまま口を開けていろ」

「……？」

前置きなく顎先を優しく摑まれて、大きく口を開けさせられた。

まるで歯医者が虫歯を探すようにコウの口腔内《こうこう》をひとしきり観察し、ずっと握りしめていたコウの両手を取ったかと思うとその掌《てのひら》を見て、庭先で正座していたコウを抱き上げるように立たせてウェイデが屈《かが》みこみ、コウの靴の裏から頭のてっぺんまで検分し、おもむろに自分の携帯電話を取り出した。

「あぁ、兄貴か？　突然ですまんが、近々ソーザバイズのオークションがあるだろう？　うちの代理人は出ているか？　……なら、無理を言うが、それに俺ともう一名参加したい。ああ、直接参加のみの競売品で、この目で確かめる必要がある。……分かっている、そのうち顔を見せるから。大丈夫、生活には困ってないし、ちゃんと食べている。欲しいものがあったら自分で買うし、自分で手に入れる。それじゃあ、ありがとう」

「あの……」

ウェイデが電話を切るのを待って、コウはどういうことかと問いかけた。

「こちらも金を貸すんだ。利子をつけて手元に戻ってくるための努力はするさ」

その後、ウェイデはオークション会場まで付き添ってくれたし、コウが宝石を落札する手伝いもしてくれた。

なんならオークション会場に出入りするためのコウのタキシードまで買ってくれたし、青いダイヤモンドを落札後の手続きも助けしてくれたし、ついでに、チャイナマフィアとコウが宝石と現金を引き換える場面にも立ち会ってくれたし、黒獅子の獣人が隣に立ってくれたおかげでコウも舐《な》められずに円滑に商売を完遂できた。

チャイナマフィアから支払ってもらった宝石の代金と莫大な成功報酬からウェイデに借りた金に利子をつけてその場で一括返済した。

乗りかかった舟だと、ウェイデは孤児院一帯の立ち退き案件にも協力してくれて、コウが儲《もう》けた成功報酬と近隣住民と孤児院出身者で出し合ったお金であの一帯を守ることができたし、孤児院も存続できることになった。

あとからアンリに聞いた話だが、「お前が連れてきたあの金貸し、なにをどうしたのか知らんが、あの一帯で行われる区画整理に物申したらしく、景観保護地区になったうえに助成金まで出るようになったぞ」と教えられた。

アンリたち大人が集まってもどうにもできなかった問題が、ウェイデが出てきたことで一気に片づいたらしい。

なにが起きたのかコウも分からないままだったが、アンリに「あの金貸し、なにかしら顔が利くようだ。こちらでも調べたが、素性が摑めない。お前、なにか弱味を握られてはいないか？　借金のカタに貞操を奪われたりなどは……」と心配された。

コウは、「なにもされてないし、なんで親切にしてくれるのかも分からない。でも、筋は通しとく」とだけ答えて、ウェイデのもとへ向かった。

「コウ、次からは相手を見て依頼を受けろ」

「……？」

ウェイデの自宅へ訪問して、コウがこの一件について礼を言うより先に応接間へ通され、そんな説教をされた。

「今回はなんとかなったが、失敗していたら殺されていたぞ」

あのチャイナマフィアは、失敗を許さない男だ。

今回の調達依頼が成功していなければ、コウはチャイナマフィアお得意の作法でこの世から存在を消されていただろう。この国で東洋系の健康で若い男は珍しく、それが黒目黒髪で、見目良ければなおのこと高く売れる商品となる。

「まぁ、死んだら死んだで、俺、保険金出るようにしてたんで大丈夫です。近頃って、獣人とか人外に食べられたり殺されちゃった時に、一定期間死体が見つからなければ下りる保険とか、死体のパーツだけでも出てきたら死亡判定してもらえるやつあるじゃないですか。あぁいうのにたくさん入ってからこの依頼を受けたんで……。それに、俺が死んだらメディアにタレコミがいって、儲けたお金は孤児院にぜんぶ入るようになってたんで、俺がこの仕事に成功しても失敗しても孤児院とあの一帯は助かる予定だったんです」

「………お前……」

「だからほら言ったじゃないですか。独り身だからこそできることがあるって」

「………」

「そんな目で見ないでください。けっこう覚悟があってこの仕事やってるんで。……それより、立ち退きの件ではいろいろと取り計らってもらったようで……すみません。ご迷惑をおかけしました。ありがとうございます。これ、遅くなりましたけど、謝礼と手土産《てみやげ》です」

応接間の机に、封筒に入れた現金と手土産を置き、ウェイデのほうへ滑らせる。

「こちらが勝手にしたことだ」

ウェイデは不愉快そうに眉《まゆ》を顰《ひそ》め、それをコウのほうへ押し戻した。

「貸し借りは作らない主義なんです。特に、金融業の方とは」

もう一度、ウェイデのほうへ押し出す。

ウェイデはそれを受け取ってくれなかったが、コウが「ひとつ訊いていいですか？」と問いかけると、それには応じてくれた。

「なんでお金を貸してくれたり、いろいろと便宜を図ってくれたんですか？」

「我が家の家訓は、助けられる者が助けよ、だ」

「……それで？」

「それだけだ。助けられるだけの力があるから、助けを必要としている者を助ける。お前が助けを求めたから、俺はそれに応じた」

「あぁ……、そういう」

さも当然のように言ってのけるウェイデを見て、コウはなんとなく納得した。

ウェイデはそういう環境で、……おそらくはとても裕福な家庭で育って、これまでもそうして生きてきたのだ。きっと、金貸しも慈善事業の一環なのだろう。だから、モリルはウェイデを紹介してくれたのだ。

あくどい金貸しとは根本的に違う。きっと、真に困窮している者へは厳しく取り立てないし、踏み倒されても許すに違いない。

一般的な金貸しのように信用調査を行い、焦げついていないか確認して貸せる相手に貸す方式ではなく、直に会って面接して、自分が「貸そう」と思った相手にしか貸さない。

その代わり、金貸し以外の事業かなにかで利益を出しているはずだ。もしかしたら、彼の一族は資産を所有しているだけで次の資産を生み出すほどの特権階級なのかもしれない。

それでも、金貸しは金貸しだ。

コウがこの世でもっとも忌避する存在だ。

「これまでも金銭を都合したことはあるが、こんな大金を貸したのはお前が初めてだ」

「よく思い切りましたね」

「お前は努力していたから」

「…………」

「俺を紹介してもらうために全財産を使ったらしいな」

「どこかに俺の隠し口座があって、そっちに貯め込んでるかもしれませんよ」

「それはない。こちらはお前の口座情報くらいいくらでも抜ける」

「…………」

「着の身着のままで庭先に膝をついて頭を下げて、靴底が擦り切れるほど駆けずり回って、掌に爪《つめ》を食い込ませて傷になるほど何度も我慢して、奥歯が欠けるほど食いしばって、心労のせいか、若いのに白髪が多かった」

「……うそ」

コウは慌てて自分の頭を押さえる。

鏡なんてまともに見てなかったから気づかなかった。

「それから、仕立て屋が大急ぎで持ってきた既製品のタキシードのウェストを詰めてもまだ余るくらい痩《や》せていて、仕立て屋が、病気で食べられないのでなければすこし食べさせたほうがいいと俺に耳打ちするほど心配するような体格だった」

「……だから、助けた？」

「十八歳がそんなに命懸けになって必死になって頑張っているところを目の当たりにしたら助けたいと思うのが人情だ」

「…………」

「よく頑張ったな」

「初めて、褒めてもらえた」

この件で、初めて褒めてもらえた。

アンリたちからは「無茶はするな」「無謀だ」「自分一人でなんでもしようとするな、助け合えるんだから」「お前の気持ちも分かるが二度と一人でこんなことをしてはいけない」と言われたけれど、「頑張ったな」と褒めてはもらえなかった。

「へ、へへ……っふ、ふへ……、うれしい……」

褒めてもらえた。

褒めてほしくてしたわけじゃないけれど、嬉しい。

笑ってる場合じゃないし、自分一人が頑張ったんじゃなくてウェイデに助けてもらったからこそ迎えられた大団円だけど、やっぱり嬉しい。

頬がゆるんで、ふにゃふにゃになって、「すいません……急に、なんか……ゆるんじゃって……」と断りを入れて表情筋を引き締めようとするが、笑顔になるのを我慢できない。

ウェイデは、すこし驚いたような、不思議な表情でコウを見て、コウがひとしきりにこにこするのを落ち着くまで見守って待ってくれた。

「はー……すみません、お待たせしました。落ち着きました」

「構わない。可愛かった」

「はい？」

「こっちの話だ、気にするな。それより、俺もひとつ訊いていいか？」

「いくつでも。あなたは恩人ですから」

「お前、俺がこわくないか？　黒獅子の獣人は珍しいだろう？」

「あー……、いや、こわいとかはないです。でかいなぁとは思いますけど」

「それだけか？」

「最初に会った時は、正直なとこ、金の工面してもらうのに必死すぎて、あなたのことを考える余裕がなかったです。いまは、……なんというか、親切でいい人だなって思います」

「では、獣人や俺に特に恐怖感はないということだな？」

「はい」

「なら、お前、今日からここに住め」

「……なんでそうなるんですか？」

「全財産はたいて無一文だろう？　孤児院を出て独立していると言っていたが、どこに住んでいる？　今後の生活のアテや収入の目途《めど》はついているのか？」

「収入についてはですね、わりと仕事がありまして……」

チャイナマフィアの無理難題を成功させたという情報が広まり……、というか、コウが良い仕事を選べるようにモリルがそれとなくこの情報を広めてくれたらしく、コウは実入りの良い仕事にありつけるようになった。

だが、その仕事はこれから取りかかる仕事で、現状、無一文であることには変わりない。ちなみに、週払いのアパートも先週追い出されていて現在はモーテル暮らしだ。孤児院関連でアンリたちに会う時に食事を奢《おご》ってもらえるから、それで食いつないでいる。

アンリたちにこの状況は伝えていない。アンリたちはすぐにコウに現金での援助を申し出たり、「我が家に来い」と言いだすからだ。

たとえ孤児院の兄姉でも金銭のやりとりはしないとコウは決めている。調達屋なんて仕事をしている手前、もし、それが原因で変な奴らに兄姉やその家族が目をつけられたら……と考えるとぞっとする。

「うちの離れが空いている。そこに住むといい。家賃と生活費の節約になる」

「だから、俺は……生活には困ってないんですって……」

「お前、近しい者には頼れない性分だろう？」

「…………」

的確な表現をされて、コウは押し黙る。

「幸いにも、俺は助けられる立場にある。そして、いまのお前は俺に助けられたほうがいい。お前はこれからうちで暮らして、栄養のあるものを食べて、掌の傷が治るまで養生して、歯医者に行って欠けている奥歯を埋めてもらうんだ」

「…………」

なけなしの現金を入れた封筒を改めて突き返される。せっかく、昨日、日雇いで働いて得た現金なのに、ウェイデは受け取ってくれないらしい。

「調達屋の仕事をするにしても、資本金が必要なはずだ。なら、当面は俺から借りるといい。俺はお前という借主をここに住まわせることによってお前の首根っこを押さえて逃走しないように見張ることができる」

「大人って、そういう優しい建前が上手ですよね。なんでそんなに優しいんですか？」

「帰る家を失くして庭に迷い込んできた仔犬のようで目が離せない」

「……へんなの」

またひとりでに笑みがこぼれた。コウが笑うと、ウェイデも目を細めて尻尾をぱたっと揺らしたので、なんだか嬉しかった。

後日、コウはバックパックひとつ背負ってこの家の門を潜った。

＊

ウェイデ宅の離れに住み着いた。

ウェイデには恩義を感じていたが、「どんなにいい人でも金貸しは金貸しだ。深入りすべきじゃない」と強く自分に言い聞かせていたし、「ある程度の金が貯まったら出ていこう」と決めていた。

「こちらから提案したことだ」

ウェイデはそう言って家賃を受け取ろうとしなかったが、毎月きっちり払った。

それでも随分と安くしてもらったし、まるで下宿生活のようにウェイデが三食おやつを用意しようとしたので「いや、仕事があるし、朝はサティーヌのところに牛乳配達するから要らないし、昼もサティーヌのところか外で食べるし、夜は何時に帰ってくるか分からないから用意しなくていいです」と断った。

ウェイデは、すこし、……いや、とても残念そうにしていたが、さすがに毎日母屋にあがりこんで食事を食べるほどコウはウェイデと親しくなるつもりはなかった。

ウェイデの家の離れを借り始めてすこし経った頃には調達屋の仕事も軌道に乗りつつあり、「どちらかというと、生まれつき運が悪いほうだと思っていたけど、良い家主に巡り会えて、近頃は運が巡ってきたな」……なんてことを考えていた。

その日も、コウは仕事に出かけた。

初めての依頼人で、人間の男だった。その依頼人は、「漁港へ向かい、水揚げされたばかりの魚をクーラーボックスいっぱいに買い込んで海辺にある家まで運んでくれ」という依頼をしてきた。

コウはバイクで漁港へ向かい、魚を仕入れたその足で依頼人の自宅へ向かった。

男は家族もおらず、海辺のコテージで悠々自適の独り暮らしを満喫していた。コウが仕入れてきた魚は到底一人で食べきれるものではなく、不思議に思っていると、「海の浅瀬に生《い》け簀《す》を作ってそこで飼っているんだよ。足が悪くてね、遠くへ買い物にも行けないから、時々、野菜や肉、魚、卵にパン、嗜好品《しこうひん》を調達してもらうんだ。いままで調達を頼んでいた人が廃業してしまってね……」という流暢《りゅうちょう》な答えが返ってきた。

「すまないが、生け簀へ魚を放流するのを手伝ってくれるかい？　もちろん、その分の代金は払うよ」

男は随分と気前が良く、色をつけた代金を先払いしてくれた。

「いいですよ。海のなかの、柵で囲って網を張ってるところですよね？」

「あぁ、そうだ。すまないね、冬の寒い日に……」

「いえ。……じゃ、これ持っていきます」

スニーカーと靴下を脱ぎ、ズボンの裾《すそ》をまくってクーラーボックスを肩に担ぎ、海に入った。

そこで、ふと疑問に思った。海に入れないくらい足が悪いのに、生け簀に魚を放流して、食べる時にどうやって捕まえるんだろう？

男のほうを振り返った瞬間、なにかに足を取られた。

「……に、っ……!!」

人魚！　そう叫ぼうとした口の中に海水が入ってきた。

コウの足を人魚が掴み、海中に引きずり込んでいく。

そこでようやく、「……あぁ、この魚も、俺も、この人魚の餌《えさ》だ」と理解した。

人魚は珍しい生き物だが、存在しないわけではない。水族館や遊園地でショーに出る人魚もいるし、美しくて特別な人魚はまるで貴族のような暮らしをしていたり、ファッション誌の一面を飾ったりしている。

だが、この人魚は野性に近いらしく、鋭い爪をコウの脹脛《ふくらはぎ》に食い込ませ、鯨《くじら》のように顎を大きく口を開いて鋭利な牙《きば》で噛みついてきた。狩りの練習のつもりなのか、獲物を甚振《いたぶ》っているのか、致命傷にはならない。まだ成魚になりきれていない稚魚らしく、雑誌で見る人魚ほど体は大きくなく、力も弱く、鱗《うろこ》も薄いのが救いだった。

「……っ！」

コウは肩に引っかけたままのクーラーボックスで人魚の顔面を殴った。襲われた場所が浅瀬だったことも幸いして、人魚が怯《ひる》んだ隙《すき》に必死に岸まで泳いで上がる。人魚は恨みがましい眼でコウを睨《にら》みつけ、ギィイイイと鳴いて威嚇《いかく》するが、陸には上がってこない。

「ざまぁみろ！」

コウは安全圏に入ってから中指を立て、依頼人の男を探した。

浜辺に姿はなかったが、男は人魚の鳴き声を聞きつけて、犬を連れて急いで家の裏手から出てきた。

「厄日かよ……」

男が連れている犬は、犬は犬でも大型の犬獣人だった。

どうやら、あの幼い人魚はまだ狩りが下手らしく、時折、獲物を逃すことがあるらしい。逃げた獲物を追いかけるのが、あの犬の獣人だろう。男は、犬の獣人の首筋に注射器でなにかを注入し、首輪に繋いでいるリードを外すと、コウにけしかけた。

「……バイク、バイク、バイクのキー……っ!!」

コテージの近くに停めたバイクまで走る。

ズボンの後ろポケットにキーを入れていた。濡れたズボンは重く、ポケットに指先が入らないが、そこにキーが入っている感触はある。

だが、どう考えても犬の獣人のほうが足が速い。

「……っ、ぅお、ぁ!?」

バイクを目前にして背後からのしかかられ、砂地に倒れ込んだ。

荒い息遣いと、尻のあたりに押しつけられる固い性器の感触で、発情していることが分かった。おそらく、あの注射器の中身が発情を促進する薬物だったのだろう。

「……まじ、かよ……っ、クソっ……っざけんな！」

鼻っ面を殴る。

発情した犬が暴発したのか、腹のあたりに精液を浴びせかけられる。

男が、コウの視界の隅でゆっくりとこちらへ向かって歩いてくる。出会った時から足を引きずっていたが、いまも砂浜に足を取られて、歩みがひどく遅い。焦った様子はなく、犬がコウを襲う姿を微笑《ほほえ》ましげに見つめている。

きっと、いつもこうなのだろう。人魚に狩らせて、人魚が獲物を仕留め損なうのも考慮して犬の準備をしておき、狩りに失敗したら犬を使って襲わせて、強姦《ごうかん》して、弱って肉がやわらかくなった獲物をまた海へ放り込む。そういうルーティンなのだ。

犬はコウの首を噛み、ズボンを脱がそうと思い余って布を裂き、がむしゃらに腰を振っている。

「なんの武器もなしに……っ、調達屋やってると思うな！」

コウはバイクのキーを取り出すと、キーに括《くく》りつけている折り畳み式ナイフを展開して獣人の足に突き刺した。

ぎゃん！　獣人が獣のように叫ぶ。

ナイフを引き抜いて、もう一度突き刺す。獣人の足の筋肉は固いらしく、ナイフが曲がったが、獣人はコウから離れた。

コウは起き上がるなりバイクまで走り、キーを差してエンジンをかけた。

獣人が追いかけてきたが、さすがに傷が深く、太腿《ふともも》からの出血も大量だったせいか、バイクに追いつけず、コウは自力で逃げ出すことに成功した。

「当たりが悪いというか、引きが良いというか……。やっぱ高くてもモリルさんから仕事の情報買うべきだった……」

コウはそんなことを思いながら、ようやっと家に辿《たど》り着いた。

ほうほうの体でバイクを降りて、「うわ、俺、裸足《はだし》のまんまだ……」と裏口から入った離れの庭先で力尽きた。

この時はまだ警察に通報していなかったし、救急車を呼ぼうにも携帯電話を海中に落としたようで手元になく、自分の怪我よりも再購入する携帯電話や靴の費用を計算して落ち込んでいた。

「……生まれつき、運が悪い」

口癖のような言葉が、ふいに零れ出た。

きっとそうだ、生まれつき運が悪いんだ。

そう思わないとやっていられなかった。

庭の井戸までなんとか歩いて、そこに座り込むと動けなくなった。

雪なのか、雨なのか、自分がまだ海水で濡れているのか……。座り込んだ地面が濡れていたし、とても寒かった。あともうすこし歩けば屋根のある部屋なのに、そこまで歩いていくだけの体力と気力がなかった。

「……うまれつき、運が悪いから……みんな、しんじゃうんだ……」

どんなに頑張っても、いくら努力しても、運の悪さだけはどうにもならない。

巡り合わせの悪さ、結ばれる縁や引きの悪さ、定められた運命、生まれた瞬間から尽きている命運。これだけは自分ではどうにもできない。

どんなに一所懸命真面目に生きても、だめなものはだめ。

諦めずに頑張って生きても、幸せにはなれない。

「がんばってたんだけどなぁ……」

なんだか急に弱気になってしまって、自分の力だけではどうにも浮上できなかった。

＊

目の前が真っ黒。闇《やみ》のように暗くて、夜のように静か。ふっくら沈む枕《まくら》らしき物体にうつ伏せになって耳まで埋もれると、なにも聞こえない。それは羽毛布団のようにやわらかくて、あったかくて、すべすべ。頬に弾む感触があって、そこに顔をもふもふ押しつけてみると、びっくりするくらい気持ち良く弾む。

「起きたか？」

頭上からウェイデの声がした。

「………………？」

顔を上げると、ウェイデの顎下の毛と鬣に自分の顔面が埋もれていた。

鼻先でその毛並みを掻き分けてもぞもぞすると、「くすぐったい」とウェイデが笑い、顔を斜めに動かす。

コウはウェイデが動くほうへ鼻先で追いかけ、ほんのすこしの息苦しさを心地好く感じるほど鬣に顔を押し当てて極上の毛皮を味わい、胸いっぱいにゆっくり息を吸い、「この人、いいにおいするなぁ……」と、また目を閉じる。

そうしたら、コウの背中に回されていたウェイデの両腕が、優しく、それでいてしっかりとコウの体を自分のほうへ抱き寄せてくれて、「ようやく仔犬が懐いてくれた」と甘い声で笑った。

「…………へんなの」

抱きしめられて眠って、抱きしめられて目を醒ます。それってこんな感じなんだ。

コウは初めての経験に頬をゆるませた。

コウの親はこういうスキンシップをとらないタイプだったから、むず痒《がゆ》いような、気恥ずかしいような、でも、他人のぬくもりのあるこの状態が心地好くて眠気を誘われるような、不思議な安心感に包まれた。

コウがその感触を飽きずにずっと堪能《たんのう》していても「鬱陶《うっとう》しいから離れて」と言われることもなく、ウェイデはいつまでもずっと抱き枕になってくれた。

「……っ」

右足をウェイデの太腿に絡みつかせた瞬間、鋭い痛みが走った。

ひとつ痛みを感じると、体のあちこちに鈍痛を感じ、発熱した時のように節々が痛み始めた。

「鎮痛剤が切れて目が醒めたんだな。足は動かさないほうがいい」

「…………」

ウェイデの腕で体を動かさないように囲われる。

肩までかけられている布団が怪我に触れないように、布団とコウの足の間に尻尾が挟まれていて、ふわふわして気持ちいい。

「庭でお前を拾った」

「あー……」

その言葉だけでなんとなく察した。

どうやら自分はあのまま気を失ってしまったらしい。

迷惑をかけてすみません。そう謝るより先に、ウェイデの掌が後ろ頭に添えられて、そっと胸に抱きしめられた。口を開けば鬣が入ってくるから口を開けない。きっと、コウになにも言わせないためにそうしてくれているのだろう。

コウが気にかかることは、ぜんぶウェイデが説明してくれた。

コウが帰ってきたのは六日前の深夜。

物音を聞きつけたウェイデが庭へ出て、コウを見つけてくれた。

母屋の寝室にコウを運び入れ、医者を呼び、処置してもらう間にコウが一度目を醒まし、「警察に通報してください」ということと、なぜこうなったか状況をきっちり説明してから、また気を失ったらしい。そこから肺炎にこじらせて、寝たり起きたりをしていたそうだが、コウはあまり記憶がない。

「薬と医者の代金、払います」

「分かった」

知り合っていくらか経っていたこともあり、この頃にはコウが金銭関連に異様にきっちりしていることをウェイデは理解してくれていた。だが、おそらくは今回の医者代も、「お前への見舞い金だ」と適当な理由をつけて、コウに請求しないことは目に見えていた。

だからコウは、すこし……ほんのすこし、そこは甘えさせてもらって、甘えさせてもらった分だけ貯金して、家を出る時に一括で返そうと考えた。

「お前を人魚の餌にしようとした男は逮捕された」

「……警察、……こっちにも来ましたか？」

「面会謝絶にして、俺のほうで上手くやっておいた」

「またそれだ」

「……？」

「孤児院の時も、ウェイデが上手くやってくれたじゃないですか」

「あぁ、そんなこともあったな」

「……すごいなぁ」

そんな言葉が出た。

ウェイデは自分が行った善意を殊更に自慢しない。偉そうにしないし、善意を他者に振りかざさない。得意げに何度も自慢話を蒸し返したり、感謝しろと態度で示したり、誉《ほ》めそやせと他者からの高評価を求めたりしない。

素敵な人だ。尊敬できるし、見習いたいと思う。こういう人生のお手本のような人が自分の近くにいてくれるのは、とても幸運なことで、宝物のような出会いだと思う。

この人の、この、優しい人間性が好きだ。

「顔が赤い。熱が上がってきたか」

「……上がってないです」

「そうか？」

「はい」

「寒くないか？　また雪が降ってきた」

「ゆき……、じゃあ、寒いです……」

寒い冬のせいにして、一晩だけ毛皮で暖を取らせてもらおう。

今日だけ、甘えさせてもらおう。

明日からまたちゃんと自分の足で立って、一人で生きよう。

一度や二度の仕事の不運くらいでへこたれてなんかいられない。きっと、これから先、一人で乗り越えなくちゃならない試練なんていくらでもある。

甘えさせてもらうのは、今日一回きり。

何度も甘えたら、それが普通だと思ってしまうから……。

自分にそう言い聞かせて瞼を閉じた。

自分の傍で生きている人の体温があって、抱きしめてくれている。ただそれだけのことがコウには救いで、外は雪が降っているらしいのに、ちっとも寒くなかった。

＊

その後、人魚と犬の獣人は隔離保護された。通報を受けた警察が動き始める頃には依頼人の男は逃走していると思われたが、海でしか暮らせない人魚と脚を怪我した獣人を置いていけないと言って、あのコテージに留まっているところを逮捕された。

コウの想像どおり、人魚が暮らしていた浅瀬や岩場からは、人骨や獣人の骨が大量に発見され、そのいくつかの骨には獣人の牙が食い込んだ痕跡《こんせき》もあったらしい。

この事件は、新聞にも、ネットニュースにも、裁判においても、当事者であるコウの名前は一度も表に出なかった。

それから何年か経って、被害者や事件の真相が解明され、コウが事件を忘れた頃、主犯格の男は刑務所で行方不明になった。刑務所なのに、行方不明だ。さすがに何年も一緒にウェイデと同じ屋根の下で暮らしていると、ウェイデが私的制裁を加えたことくらいはコウにも理解できた。

でも、ウェイデと暮らし始めて半年くらいのこの頃は、ウェイデがそこまで過保護だとは知らなかった。

「俺の問題なのに、裁判とか、俺はなにもしなくていいんですか？」

「裁判、出たいなら手配するが？」

「いや、正直なとこ面倒だし、注目浴びるのもいやだから出たくはないんですけど……」

「なら、こちらに任せておけ。幸いにも、メディアと法曹関係に強いツテとコネがある」

「そうやって俺の代わりに暗躍して、二回も俺のこと守って、なんで、なんでもかんでも俺の代わりに片づけちゃうんですか」

「怒ったか？」

「怒ってないですけど、俺の知らないところで俺のことぜんぶウェイデがするのはおかしいと思います」

「おかしくない」

「……え、……いや、おかしいでしょ」

「ちっともおかしくない」

「なんで……そんな自信満々に……」

「うちの店子《たなこ》を守るために俺が全力を出すのは悪いことか？」

「限度があります」

「まだ限度じゃない。序の口だ」

「…………」

「お前は、凍え死ぬような冬の海に引きずり込まれ、食い殺されかけたんだ。手足も凍傷になりかけていたし、あの犬の獣人の精液がお前の腹にかかっていた。うちの可愛い店子がよその犬にマーキングされたんだぞ、許せんだろ」

「…………」

「それから、お前に仕事を斡旋《あっせん》したあの斡旋屋、お前が人間だと舐めてかかって危険度の高い仕事を低報酬で回していた。二度とアイツからは買うな。……まぁ、もう買えんが」

「もう買えないって……」

「斡旋屋は、あの海辺の家に仕事に行った奴が誰も帰ってきていないことを承知のうえで、あの殺人鬼からずっと紹介料をもらっていた。そして、お前のような調達屋からは斡旋料を得ていた。永久機関だな。斡旋屋は、帰ってこない奴らがどうなっているのかをおおよそのところ承知していながら、お前に仕事を振ったんだ」

「…………」

「次からは斡旋屋にも舐められないよう振る舞え」

「……もしかして、俺が仕事に復帰するの歓迎してないんですか？」

すっかり傷も癒《い》えて本復したのを機に、コウはまた調達屋の仕事に復帰した。

今日これから復帰明けの初仕事に向かうから、その前に「今日から仕事に復帰します。ご心配かけました」と挨拶するために母屋にいるウェイデを訪ねたところだった。

遠回しに、ウェイデは「調達屋はやめろ」と進言しているのだ。直接的に言わないのは、コウの職業をどうこういう立場や関係性にないとウェイデ自身も理解しているからだろう。あくまでも「お前は根が善人で、悪人が巧妙に隠す悪意に疎く、調達屋には向いていない」という方向から、人生を方向修正しろと助言をくれている。

最終的に選んで決定するのはコウだが、まだ若いうちからこんな無茶をしていては長生きできないと気を揉《も》んでくれているのだ。

「でも、まっとうに生きてても、悪いことしてても、死ぬ時は死ぬし、調達屋でも金貸しでも運が悪い時は死ぬんですよ。俺は、生まれつき運が良いわけでもないし、これから幸運が巡ってくる気もしない。でも、自分で選んだ仕事だから、ちゃんと最期までやります。……心配してくれてるのは、ありがとうございます。これからは、仕事相手に舐められないように頑張って振る舞ってみます」

「…………頑張ってどうにかなる問題ではない」

ウェイデは眉間《みけん》に皺《しわ》を寄せ、難しい顔で考えこむ。

コウが「じゃあ、これで……」と言いかけたところで顔を上げ、指先でコウを手招いた。

コウがそちらへ歩み寄ると、手を引かれ、ごく自然な動作で足もとに跪《ひざまず》かされる。

「ウェイデ、どうしたんですか？」

「そうして、なにもかも信用するからいけない」

「誰のことも信用してるわけじゃないです。ウェイデだから信用して近寄ったんです」

「……殺し文句だな」

「ウェイ、デ……？」

顎先を捉《とら》えられ、まるで、仔犬を可愛がるようにそこを撫でられる。

「今日の仕事相手は？」

「熊の獣人……、スラムのショーパブの支配人で、依頼はバーレスクダンサーが揃《そろ》いで付ける三十人分の白孔雀の羽の調達、です……」

素直に答えると、また、顎下を撫でられる。

ちょっとときもちいい。仔犬じゃないけれど、もし犬だったら瞼を閉じてうるうる喉を鳴らしてしまいそうだ。

ウェイデの瞳は「またそんな界隈《かいわい》に出入りして……」と言わんばかりだが、それよりも熊の獣人が取引相手という点が気にかかっているようだ。

「だい、じょうぶ……ちゃんと、用心します……」

「本当に？」

「……ほんとうに、頑張って、ちゃんと……します。それに、ウェイデ、……その、俺に、いろいろとしてるじゃないですか」

　先日の一件から、ウェイデの過保護がものすごく加速した。

　コウの携帯電話にGPSを仕込んだり、その電話でバイタルチェックしたりとコウの安全確認には万全を期している。ウェイデには散々心配をかけたし、それでウェイデが安心するならそれでいっか……と、コウもそれらを受け入れていた。

　執着が強いのが獣人の特徴だし、一度でも懐に入れた仲間のことは家族みたいに思うらしいし、きっと、ウェイデはコウのことを「仔犬とは、一時も目が離せない生き物だ」とでも思っているのだろう。

　それに、バイタルや現在地のチェックはするけれど、必要以上に監視したり、コウを束縛したり、私生活に口出しもしてこない。特に、コウが一番触れてほしくない家族の話題には決して触れてこず、ウェイデは、そのあたりの線引きや配慮がとても上手な大人だった。

　ウェイデは「すまん。これは俺が安心するためにしていることだ。こんなことをする俺を許してくれてありがとう」と言ったが、むしろコウのほうこそ礼を言いたい。特定の誰かからこんなに執着してもらったり、気にかけてもらうことがなかったから、自分が特別な生き物になった気がして、なんだかとても嬉しかった。

「……ウェイデ？」

ウェイデの親指が、コウの唇に触れる。

そこを薄く開かされ、人間の皮膚とはすこし違う感触の指の腹で歯列をなぞられる。まるで、仔犬の歯磨きをしたり、虫歯を調べたりするように、優しく粘膜に触れられる。

上歯と下歯の隙間に差し込まれた指先が、コウの舌先に触れる。爪は丸められていて痛みはないけれど、なんだか不思議な触感で思わず噛んで確かめてしまう。

じゃれつくような仔犬の甘噛みにウェイデが優しく笑うから、コウの心臓が跳ねた。

鼓動の速さに連動して呼吸が乱れ、息継ぎをすると、口中に溢れた唾液《だえき》が口端から滴る。

ウェイデがそろりと指を引き抜けば、その指にまとわりつく唾液が糸を引く。それが恥ずかしくて、舌先で追いかけ、ミルクをねだるように舐めてしまう。

「……ん、っ」

体が前に傾《かし》いで、ウェイデの下肢に顔を埋めてしまう。

すると、「上手にこっちに来れた」と頭を撫でて褒められ、後ろ頭を優しく包むように掌を添えられる。

「……どうする？」

「…………」

ウェイデの問いかけに、即座にその意図を察したコウは目を伏せた。

これ、知ってる。聞いたことがある。そう思った。こうやって強いオス獣人の性器をフェラして、マーキングしてもらうのだ。

物理的に弱い人間や獣人外が、力では絶対に敵《かな》わない悪い奴に襲われないように強い獣人や人外にマーキングしてもらうのはよくあることだ。

性行為やそれに準ずる行為を実際にしなくても、病院では、大型肉食獣人や希少種獣人外の分泌物から抽出した薬を処方しているし、ドラッグストアなんかでも香水タイプやタブレットタイプの類似品が販売されている。弱者はそれらを服用したり、身にまとうことで、「私は強い獣人の庇護《ひご》下に入っています」とアピールして防犯に努めていた。

人工加工物は安価で手に入るが、天然物から抽出したそれは高額で手に入りにくい。そして、人工物であろうと天然物であろうと、本物の強い獣人や人外にマーキングしてもらうよりは劣るし、鼻の利く者なら、「アレは香水の効果だ」とか「服薬によるフェイクだ」とか判別ができる程度の代物だった。

「できるか？」

「ん……」

お金のかからない防犯方法。コウのような貧乏人はとても助かる。

でも、それ以上に、これはお互いの間に信頼関係が構築されていないとできないことだ。

本来なら、これは、恋なのか、愛なのか、それがなんなのかすら確認しないままするべきではない行為だ。

コウはウェイデの強さや過保護を利用しているようで申し訳ないし、ウェイデもコウにこんな真似をさせてまで仕事に送り出したくなかった。

「……ウェイデは、俺がするこれで俺を守れる」

「そうだ」

「俺も、これをすることで自分の身が守れる」

「ああ」

だから、互いにこれは大人の取引だと理由をつける。

理由をつけないといけないくらいにはまだ他人で、でも、これをするくらいには互いに拒否感や嫌悪感がなく、むしろ、コウは「もしこれを頼むならウェイデだ」と思っているし、ウェイデも「ほかの何人《なんぴと》にも、この仔犬の庇護を任せられない」と思っている。

ウェイデは、最初からすべてコウにさせるつもりはないらしく、自分でズボンの前を寛《くつろ》げ、陰茎を取り出し、己の手で大きく育てた。

微動だにできないコウはそれを至近距離で見つめるしかなく、生唾《なまつば》をごくりと呑んで、目を閉じた。「俺、こういうことやったことない」などと改めて白状しなくても、コウのその初心《うぶ》な反応でウェイデは分かっていたようだ。

コウの瞼の裏に残っている映像は、ウェイデの手中にあった一物だ。人間のとは違う形状で、釣り針のように返しのついた棘《とげ》があった。肉々しく、赤黒く、浮き出た血管や筋が雄々しかった。根元の瘤《こぶ》はまだ膨らんでいなくて、竿《さお》の中程が太く、雁首《かりくび》のあたりはもっと太かった。

……俺、わりとじっくり見てるな……。

「コウ」

「は、ぃ……っ」

そんなことを思っていると、名前を呼ばれ、反射で目を開いた。

目の前に、泣きそうなほど立派な凶器があった。処女で童貞のコウがこんなの見たら、逃げ腰になって当然だと言わんばかりの獣人の陰茎だった。

「こちらへ」

「…………」

空いた手で後ろ頭を優しく摑まれ、屹立《きつりつ》する陰茎のその先端にそっと唇を押し当てられる。何事もあまりにもスマートで、抗いようのないほど流れる動作で促され、コウは迷う暇もなく「あぁ、こうやって唇で触れればいいんだ。……それもそうか、俺が触れたほうが、ちゃんと匂いもつくし、しっかりマーキングしてもらえるしな。……俺、なんにも知らないから教えてもらえて助かる」と納得と感謝までして、そこに触れた。

匂いはウェイデの体臭を強くした感じだった。「ウェイデの匂いは好きだから気にならない。マーキングしてもらったら俺もこの匂いになるのかな……」なんてことを思った。

味は、不思議。食べたことも飲んだことも舐めたこともない味がした。悪くない。こういう素材の味だと思えば、クセになりそうだった。唇に触れたそれは、熱くて、自分の口の裏の粘膜をもっと滑らかにして、固くした感じで、初めての感触だった。

「ん……、ぁ」

口を開いて、ちょびっとだけ舌を出す。さっきより味がよく分かる。好きかもしれない。

「そのままじっとしていろ」

「ん、ぅ」

視線で頷く。

ウェイデが自分で竿を扱《しご》く。

なんだか自慰をさせているみたいで申し訳なくて、コウはめいっぱい口を開いて舌を出し、頬張れるだけ口内に迎え入れた。途端に、先走りが溢れて、陰茎がびくびく震え、陰《いん》嚢《のう》がせりあがって、射精が近いことを悟った。

このまま口に出すのかな？　そう思って、拙《つたな》いながらも必死に口で奉仕すると、後頭部を優しく掴まれて、後ろへ遠ざけられた。

「目を瞑《つむ》れ」

「ん……っ！」

いつもより低い声に命じられるがまま目を瞑った瞬間、顔に精液をかけられた。

重たいものが勢いよくかかって、卵白のようにどろりと頬を伝う。目は閉じたが口を閉じるのを忘れてしまい、口の中に入った。舌の上に乗った少量のそれを喉の奥へ招き入れ、飲み干す。

「出せ」

慌ててウェイデがコウの口の中に指を入れて舌を引っ張り出すが、もう遅い。

ほんの短い時間、口のなかに陰茎を咥《くわ》えていただけなのに顎が怠《だる》くて、ウェイデのなすがままに顎が開いた時にはもう飲んだあとだった。

「……口より、目が開けられません」

「あぁ、そうだな」

「……っ、なに？」

ウェイデの指が、コウの目元や頬の精液を掬《すく》いあげ、コウの首筋やうなじ、耳の裏に擦りつける。その指は、喉仏から鎖骨を通り過ぎて、胸のあたりまで辿ると、しっかりとウェイデのそれをコウの肌に馴染ませた。

「そのまま俺に身を預けていろ」

「はい」

脇《わき》の下に手を入れられて抱え上げられ、向かい合わせでウェイデの膝に座らされる。なにをするのかと問いかけるより先にベルトを緩められ、ズボンを膝まで下ろされた。

下着は下ろされていないからと安心して、ウェイデを信じて身を任せる。

太腿の内側にも、精液を塗り拡《ひろ》げられる。「下着のギリギリまで触るぞ」と断りを入れられ、きわどい部分までウェイデの体液でマーキングされる。

交尾をしたらウェイデが触れるであろう部分を精液のついた手指で撫で、ウェイデはコウの体の支配権を主張していく。メスがオスを誘うために香水をつける部位に近い。

ウェイデは通り一遍のことを事務作業的に行い、逐一「次はここに触れる」と断りを入れてから触れてくれるから、ちっともこわくない。

それどころか、優しい手つきと、ウェイデの醸し出すオスの匂いと、ウェイデの温かさで、知らないうちに、すこしずつ、くったりとウェイデの胸に凭れかかって、切なげな息を漏らしてしまっていた。

「最後の仕上げだ」

「……はぃ……」

「すこし痛む」

「ふぁ、……あっ⁉」

声が裏返って、内腿がびくんと痙攣《けいれん》した。

首の裏をウェイデに噛まれた。それこそまるで、つがいが番《つが》って交尾をした時のように、うなじを噛まれて、所有権を刻まれた。

けれども、その痛みは一瞬のもので、あとに残るのは、じくじくとした甘い疼痛《とうつう》だ。

よく頑張ったな、とコウを褒めるように、ウェイデが毛繕いをしてくれる。いつのまにやらじわりと滲んだこめかみの汗を舐めて拭ってくれて、額にへばりついた黒髪を指先で横に流してくれる。

「もう目を開けていい」

「……はい」

ゆっくりと目を開く。そこにあるのは、まだ目を瞑っているのかと勘違いするような、漆黒の毛皮だ。顔の半分が埋もれそうなその胸の毛に頬を寄せて、何度か瞬きをする。

恥ずかしい格好をしている。ウェイデはいつの間にか自分の陰茎をきっちりズボンの下に隠しているのに、コウだけがはだけた格好で、下着姿だ。

「……ご、めん……なさい……」

その下着が、じわりと色を変えていた。

射精したのではない。少量だけ小便を漏らしていた。勃起《ぼっき》せずに、漏らしたらしい。

恥ずかしい。いつ漏らしたのか分からない。

「なにを謝る？」

「おしっこ……ウェイデ、さんの……膝で……」

コウが詫《わ》びると、なぜかウェイデの尻尾は嬉しそうにぱたぱたソファを叩いた。

「気に病むことはない。オスの匂いや精液の匂いに誘発されたメスが発情して小便を漏らすことはままある」

「でも、おれ……人間……」

「人間のお前にも俺の匂いが効いたということだ。喜ばしい」

「……なんで？」

「それはつまり相性が良いということだ」

本能レベルで、生殖レベルで、二人の体の相性が良いということ。

コウがウェイデの匂いで発情するということは、ウェイデの種で孕《はら》みたいと思ってくれたということ。つまりは、二人の心の相性も悪くないということだ。

それは、とても嬉しい。

「ウェイデの精液って、……マーキングした時に、人間でも盛っちゃったり、えっちな気分になるとか、そういうのあるんですか……？」

「さぁ、どうだろうな」

いまいち察しの悪い初心なコウの問いかけに、ウェイデはまた尻尾を揺らした。

コウは、自分が発情するほどウェイデを憎からず思っていることも、孕んでもいいと思うほどに懐いていることも気づいていない。嫌っているオスにマーキングされたら、メスは大抵オスに噛みついたり、殴ってくる。

だが、いまはまだ皆まで言わず、ゆっくりとコウのペースでこの関係を深めていこうとウェイデは考えた。

コウは、その後シャワーを浴びて、仕事に出向いた。

シャワーぐらいではウェイデのマーキングは消えないらしい。

これ以降、仕事の前にウェイデにマーキングしてもらうことによって獣人に舐められずに仕事をこなせるようになったし、スラムを歩いている時に絡まれることもなくなった。

まるで黒獅子の威を借りる人間のようでウェイデには申し訳なかったが、ウェイデに「仔犬が安全に俺のもとへ帰ってくるために必要な措置だ」と断言された。

本当に過保護な人だなぁ、としみじみ思った。

＊

コウの最初の印象は、痩せた仔犬だ。

庭先で雨に打たれ、冷たい石畳に両膝をついて頭を下げる仔犬。

可哀想なのに、惚《ほ》れ惚《ぼ》れした。

寒さに震えて、ただでさえ白い肌が色を失くし、連日連夜の金策に疲れ果てた体はいまにも崩れ落ちそうなのに、真っ黒な瞳からは「金を貸してもらうまで決してここから動かない。貸してもらうためならなんだってする」という意志の強さが窺《うかが》い知れた。

同じ屋根の下で暮らすようになってからの印象は、真面目で、一所懸命で、頑張り屋で、遠慮がち。

そして、とてもかわいい。

近所の老婆に頼まれた新しいカーペットの調達も、たいした稼ぎにならずともいやな顔ひとつせず請け負う。

「暇だから。サービス」

そう言って老婆に気遣わせないように配慮しつつ、家具を動かしてカーペットを敷き替え、「ついでに電球の交換とウインドファンの掃除してきた」と汗だくになって帰ってきたこともある。

ちょっとお人好しだ。困っている人をそのままにしておけない、優しい子だ。

「弟が、ちょっと珍しい物を父の日にプレゼントしたいと言いまして……。探すのを手伝ってくれますか？」

「おねぇいします。ヨキとユィランおにいちゃんの、おとうさんとパパに、おほしさまをプレゼントしたいです」

中学生くらいの兎《うさぎ》獣人の兄と、幼稚園くらいの虎《とら》獣人の弟の二人が依頼してきた無理難題にも笑顔で応えていた。

兄弟が頑張って貯めたお小遣いの範囲で、コウは、この世に存在するお星さまみたいにキラキラぴかぴかした物を兄弟と一緒に掻き集めた。

なんでもこの兄弟の一家は、夜に丘の上へ出かけて、星を見るのが好きらしい。

だから、星の贈り物なのだそうだ。

兄弟を懐に抱くお父さんと、お父さんごと家族みんなを懐に抱えるパパ。家族四人でぎゅっと固まって、尻尾や耳でもふもふ互いを温めながら、お父さんが「ヨキとユィランは俺たちのおほしさま。それも一番星。笑った顔も、怒った顔も、泣いた顔も、こうやって生きてるだけでぜんぶ可愛くって、どこにいても一番に見つけられる」と抱きしめて、パパが「こうして家族で星を見られる人生というのは、最高に幸せだ」とヨキとユィランに頬ずりをする。そんな家族なのだそうだ。

大きな物から小さな物まで、コウは街中《まちじゅう》を探して駆けずり回って手に入れたお星さまを兄弟と一緒に彼らの両親のもとへ送り届けた。

その時、ウェイデはたまたま手が空いていたのでコウの手伝いをした。

コウが「ヨキとユィランの二人がお父さんとパパの一番星なんだろ？　じゃあ、二人も可愛く飾りつけてピカピカのお星さまにしないとな～」と提案して、兄弟はたくさんのお星さまを詰めこんだ大きな大きなプレゼントボックスに一緒に入って、両親のもとへ届けられた。

時折、箱の中から、仲の良い兄弟のほのぼのとした会話が聞こえてきて、車の運転席と助手席のコウとウェイデも頬を綻ばせた。

「おにいちゃん、この小さな穴はなぁに？」

「これは空気穴」

「こっちはなぁに？」

「息苦しくなったり、やっぱり暗いところはこわいって思った時に、コウさんとウェイデさんに外に出してくださいって連絡する携帯電話」

「こっちの紐《ひも》は？」

「自分たちでもお外に出られる紐。あ、だめだよ、ヨキ。それを引っ張ったら、箱がパカって開いちゃうからね」

「手品みたいに？」

「そう、手品みたいに。この紐は、おうちに到着したら引くんだよ」

「お父さんとパパの前で、手品みたいにヨキとおにいちゃんが登場するの？」

「そう、登場するんだよ」

「ヨキがひっぱっていい？」

「いいよ」

「でも、一人だと上手にできないかもしれないから、おにいちゃんも手伝ってくれる？」

「もちろん、いいよ」

「ありがと、よき、おにいちゃんだいすき」

「どういたしまして、ぼくもヨキのことだいすき」

車の後部座席に積んだプレゼントボックスの中で兄弟が抱きしめ合ったのか、かたかた、可愛い音が聞こえた。

　そうして、彼らの両親のもとへ、彼らの両親にとって一番愛《いと》しいお星さまを届けた。

「いいなぁ……」

　兄弟とお星さまを届けたあと、それをすこし離れたところで見守っていると、ふと、コウの漏らした声がウェイデの耳に届いた。

　目線だけを落としてコウのほうを見やると、両親と兄弟の四人家族が抱擁する姿を瞬きもせず見つめていた。

　コウが孤児ということは聞いていたから、家族への憧れがあるのかとも考えたが、どこか懐かしいような、それでいてさみしげな眼差しで見ていて、……ひとりぼっちで取り残されたような心細げな横顔をしていて、それがとても不憫《ふびん》に映った。

　ウェイデがコウのその表情の真意を確かめるより先に、コウは笑顔になって、「ウェイデ、車貸してくれてありがとうございます。荷物がデカすぎて入らなくて困ってたんで助かりました」と言い、車のレンタル料とガソリン代をきっちり払ってきた。

金銭関連はしっかりしている印象だったが、あまりにもきっちりがっちりしていて、「疲れはしないだろうか、年上には甘えておけばいいのに。俺はお前に頼られることも嬉しいのに……」と思っていた。

もちろん、コウの性格と仕事へのスタンスを尊重して口には出さなかったが……。

コウは、その依頼後も調達屋の仕事に真面目に取り組んだ。

家賃が滞ることは一度もなく、ウェイデに頼ってくることもなく、朝から晩までほとんど自宅へは戻らず、徹夜で仕事をしても、朝、いつものルーティンで身支度を整えて着替えるなりまた孤児院と仕事へ向かった。

世話になった孤児院への仕送りを続け、毎朝のミルクの調達と称してサティーヌの様子伺いを休まず、仔犬のように、けれども仔犬のように遊び回るのではなく、仕事で走り回っていた。

獣人や人外相手にもうまく立ち回る腕っ節にも感動した。

途轍《とてつ》もなく強いというわけではないが、敵の急所や弱点、盲点を見極めて攻撃するのが異様に上手だった。

対人間、対獣人、対人外戦における戦闘技能を身につけるのは容易ではない。それとなく尋ねると、「孤児院を卒業した姉ちゃんが軍人になってて、……あ、その人、ワニの獣人でめちゃくちゃ強いんです。でも怪我で退役して、リハビリがてら孤児院で三年くらい暮らしてた時に戦い方を教えてもらったんです」という答えが返ってきた。

コウは基本的に淡々とした口調で、喋り声に抑揚が少なく、表情の変化も控え目で、ジェスチャーもあまりしない。彼の両親も東洋系だったからか、遺伝的要素と育った環境によるものだろう。だからこそ、時折、笑うと途轍もなく可愛いのだが……。

しかしながら、この時ばかりは、孤児院仲間について話せるのが嬉しかったのか珍しく饒舌《じょうぜつ》で、「将来の就職を考える段になって、俺が軍に入る適性があるか姉ちゃんに相談したんですけど、……お前は頑張り屋だから軍に入っても可愛がってもらえると思うが、顔と体格がそれだからなぁ……違う意味でも可愛がられそうだからやめとけ、……って言われたんですよね」と笑うから、ウェイデは「お姉さんの言うとおりだ」とコウの姉君の忠告に感謝した。

そんな話をしてからいくらか経った頃に、例の人魚と獣人を使った殺人鬼の事件だ。

単独で獣人のもとから逃げおおせるだけの機転と立ち回りは見事だったが、コウはウェイデの懐に抱かれて暖をとりながら、「姉ちゃんの忠告、聞いといてよかった……あんなのがたくさんいる軍隊じゃ……俺、どう足掻《あが》いても出世できないし……敵と戦っても負ける……」と苦笑していた。

こんなにボロボロなのに、ウェイデを心配させまいと軽口を叩いて安心させようとする姿に、思わずウェイデのほうが泣いてしまいそうになった。

庭先でボロ布の捨て犬のように蹲《うずくま》っているコウを見た時は血の気が引いたし、介抱している最中などは、このまま弱り果てて死んでしまうのではと気が気でなく、ウェイデの尻尾も狼狽《うろた》えて、勝手にうろうろした。

だが、どれほどウェイデが心配しようとも、コウはすこし回復してくると、「所詮《しょせん》は他人です。自分のことみたいにそんなに一所懸命になったり、親切にしないでください」と、人として当然の親切さえ拒絶した。

そこまでウェイデを忌避する姿勢には引っかかりを覚えた。

おそらくは、コウの生まれ育った環境や、過去に起因するものだと察しはついた。

ウェイデはコウのすべてを把握しておきたい性質《たち》だったが、コウの過去については調べていなかった。それだけはコウが本気で嫌がることのような気がしたからだ。好きな子を愛するあまり、好きな子に嫌われるような真似をしてはいけないし、そこに踏み込むのはコウが自ら打ち明けたいと思った時だと考えて、触れずにいた。

運が悪い。不運だ。あんまり運が良くないんですよね。

それは、コウがよく使う言葉だ。

仕事で良いことがあっても、それを反射的に喜ぶ前に「……いいことあると、悪いことあるんだよなぁ……いいことなくても悪いことは起こるけど……なにもないといいなぁ……」と、発生してもいない不幸に身構えて、素直に喜びを享受できずにいた。

確かに、コウは、仕事や私生活での巡り合わせやタイミングが悪いということがままあった。先般のシリアルキラーと遭遇した件も、「不運でしたね、って医者にまで言われちゃいました」とコウが苦笑いするような不運との遭遇だ。

コウも、ウェイデも、仕事柄、こういうことは確率的なものだからどうしようもないと分かっているのだが、なんとなく、コウは「不幸なことが起こってもしょうがない。諦めよう。大丈夫、人生なんてそんなものだ」と自分に言い聞かせて、これから起こるかもしれない不幸や不運に必要以上に身構えて、怯《おび》えている節があった。

ウェイデにそんな素振りを見せたり、心情を吐露したことはなかったが、いつも歯を食いしばって、なにかに身構えていて、それこそまるで親を亡くして捨てられた仔犬のように怯えて、不幸や不運が通り過ぎるのをじっと堪えていた。

それを察せられたのは、ウェイデの獣の本能かもしれない。自分のすぐ傍に、いつもずっとなにもかもすべてに怯えている小動物がいる。虚勢を張って強がり、普段はなんともないように取り繕っているが、獣には隠せない人間の弱さや不安が見え隠れした。

笑った顔が可愛いのに……。それこそまるで仔犬のように愛らしいのに……。黒目がちで、無垢《むく》で、この世のしあわせを一身に受けたかのような笑い顔なのに……。

すくなくとも、知り合って間もないウェイデでは、コウを笑顔にすることはおろか、不運に対して身構える理由を聞き出すことすら難しかった。

すこしずつひとつずつ信頼を得て、「ウェイデの傍にいたら、不運も不幸も訪れない」とコウが思うような場所を作りたい。

ウェイデは、コウを庇護下に置きたかった。

それが単なる年長者としての庇護欲なのか、獣が持ち合わせる支配欲や所有欲なのか、かわいい仔犬へ抱く執着なのか、愛しい者へ抱く思慕や恋情なのかと自問すれば、すべてだと答えるしかないだろう。

ウェイデにとっては、庇護欲も支配欲も所有欲も執着も恋もすべて、たったひとつきりの愛しいものへ注ぐ愛情だ。

ウェイデは常にそういう愛し方なのだ。

こんな愛し方だから、慎重に物事を運ぶ必要があった。

ウェイデは、自分の愛し方が特殊なことを理解している。

ウェイデはコウが好きすぎて可愛くて心配でたまらない。

だが、コウが求めない限りは口も手も出さず、それでいてコウの命に危機がある時はすぐさま助けられるように心構え、コウの心が傷つけられた時はいつでもウェイデがその傷を癒し、コウの不運や不幸をウェイデが幸運に変える。そう心に決めた。

それとなくコウを見守ろうと携帯電話にＧＰＳをインストールしたり、バイタルチェックできるようにウェイデのＰＣと連動させたり、いろいろと実践している。

屋敷のあちこちにも監視カメラとマイクの数を増やしたし、警備会社の契約も見直して一番上のコースに変更した。

コウが生活するようになってから防犯面をより強化するにあたり、この家のリノベーションを任せた知り合いの狼《おおかみ》獣人に相談を持ちかけると、「ここを要塞《ようさい》にでもするつもりか」と笑われた。

この狼獣人は、本業が子供相手の護衛業ということもあり、「好きな子が安全に生活できて、外敵から守れるなら、この家屋敷を核からも耐えられる家にする」とウェイデが言うと、強く頷いていた。この狼獣人も、自分の愛しいつがいを「仔猫」と呼び、猫可愛がりしているのをウェイデは知っていたから、やはり、この男に防犯面の相談をして間違いはなかったと確信した。

ウェイデのこの異様な過保護を知ったコウに怒られたり、気持ち悪いと言われたり、「ストーカーですか、やめてください」と拒絶されることも覚悟していたが、「親以外にこんなに心配してもらえるんだから、ありがたい話ですよね」と存外すんなり自分の愛し方を受け入れてもらえた。

それどころか、家屋敷《いえやしき》内外のあちこちにある監視カメラの映像をウェイデが見ていることを前提で、カメラへ向けてピースしたり、手を振ってくれたりするものだから、ウェイデはよりいっそうコウのことが好きになったし、尻尾もバタバタした。

時には、監視カメラを見上げたコウが、マイクに向けて、「カメラがあると、ちゃんとウェイデが見ててくれるって思うから、安心できるんですよね。おかげで夜も安眠です」と言ってくれた。

あの言葉は、五年経ったいまも、反芻するたびに途轍もなくウェイデを幸せにしてくれる。

監視カメラに動きのある者が映ったり衝撃が発生した際に自動で映像が録画されて、ウェイデの携帯電話にタイムラグもなく通知が入るから、ウェイデはコウがピースする姿も、手を振る姿も、喋る声も、すべて保存した。

おかげさまで、ウェイデの携帯電話にはコウの録画映像がたくさんだ。もちろん、外部端末にも保存しているし、外部流出しないようネットワーク環境からは離しているから、ウェイデだけが楽しむ、ウェイデだけに身ぶり手ぶりで挨拶してくれて、手を振ってくれて、話しかけてくれるコウの大全集だ。

コウもコウで、「ウェイデがそんなに俺のこと心配するなら、これからはちゃんと連絡入れますね」と言ってくれて、「今日は帰る」とか「帰らない、ご飯はちゃんと食ってます」とか、些細《ささい》なことを連絡してくれるようになった。

ウェイデはそれだけで嬉しかった。

好きな子が今日も元気にこの街で生きている。

ただそれだけのことで、鬱陶しい雨も極上のシャンパンのように思えるし、敵対している商売相手とのやりとりも幼稚園児のお遊戯を見ている気持ちで穏やかになれるし、二時間の渋滞に嵌《はま》ってもコウのことを考えていれば光陰矢の如《ごと》しであった。

どこまでこの愛し方を許してもらえるか、受け入れてもらえるかは分からないが、五年かけてすこしずつ、でも着実に、確実に、ウェイデはコウとの距離をじっくりと詰めていった。

まるで獅子が拾った仔犬を己の縄張りに囲い込むように。囲い込まれていることを仔犬が気づかぬままウェイデの愛で満たされて、もうこの愛なしでは生きていけぬように。じわじわと、じわじわと、かわいい仔犬をこの腕に毎朝抱きしめて目覚める日々を得るまで辛抱強く粘った。

コウの匂いと自分の匂いがすっかり混じって、幸も不幸も、不運も幸運も、ひとつに溶けて分離できないような、ウェイデの幸運や幸せをすべてコウに注ぐような、そんな愛をコウに差し出す幸せを得るために、ウェイデは今日も張り切って外堀を埋めた。

【3】


時々、ウェイデに甘えたくなる。

ウェイデも、たぶんもっとコウを構い倒したいと思っている。コウの気持ちを優先して我慢してくれているが、コウと会うとウェイデの尻尾《しっぽ》がぱたぱた揺れている。好意を示す時も、絶妙な距離感と心地好い言葉でコウを満たしてくれる。

コウがウェイデの名を呼ぶと、尻尾がコウのほうを向く。表情は平静を取り繕っていても、尻尾の仕草が隠しきれていないから、恋愛に鈍いコウでもさすがに「この人は俺に好意を持ってくれているんだろうなぁ……」と察することができた。

可愛《かわい》い人だなぁ……、この人の気持ちに応《こた》えられたら、どんなにか幸せだろう。そう思い描いたこともある。コウも、ウェイデも、きっとお互いに手を繋《つな》いだりしてみたいし、手を繋いだだけで幸せになれるはずだ。

「こーくん、はやく」

「待って、ミホシ。俺まだ顔洗ってる最中」

「ミホシはもうお顔拭《ふ》いたよ。いいにおいするから先に行くね～」

「いい匂《にお》い？　……ちょっと待って、ミホシ……っ」

洗面所を出ていくミホシを慌てて追いかける。

母屋の洗面所はいつもと勝手が違って、タオルの置き場所にすら戸惑う。顔を拭《ぬぐ》ったタオルを洗濯籠《かご》に放り入れ、廊下を曲がった尻尾の先を見つけてそちらへ走る。

コウとウェイデとミホシ、三人の生活が始まった。

毎朝の日課だったランニングをしなくなって何日が経つだろう。もう、サティーヌのために搾りたてのミルクと焼きたてのクロワッサンを運ぶこともないのだと思うと、朝からすこし涙が滲《にじ》みそうになって、顔を洗って誤魔化《ごまか》した。

今日からはウェイデと同じ母屋で本格的に生活する。感傷的になったのも束《つか》の間、ウェイデと同じ屋根の下だと思うと、コウはそれにすこしドギマギしてしまい、「サティーヌが亡くなって間がないのに、自分のことで浮かれてる暇はない」と気合いを入れ直した。

コウは、ウェイデのことが嫌いではない。ただ、ウェイデの商売が苦手なのだ。金貸しに深入りしてはだめだ。ミホシを守るためにも一定の距離を置いて接しなくてはならない。

「ミホシ、勝手に台所に入ったら危ない」

「だいじょうぶ。ウェイデいるもん」

コウが台所の入り口から顔を覗《のぞ》かせると、ウェイデとミホシがいた。

この家の台所は、キッチンというより台所という言葉がぴったりだ。リフォームされているが、妓楼《ぎろう》だった頃の名残で、大きな間口に広い空間、現役で使える古い竈《かまど》の隣に最新式のガスコンロと水回りが設置されている。部屋の真ん中には年代物の紫檀《したん》の机が置いてあり、ここで下拵《したごしら》えができる。コウが寝転んでも充分な広さの机には、既に、朝食に使う食器や食材、湯気の立つ料理や茶器のセットが置かれていた。

朝陽の差し込む大きな漏窓《ろうそう》の飾りが、タイル張りの床に幾何学模様を描く。そこにウェイデが立っていた。艶《つや》やかな黒い毛皮は今日もとびきり美しくて、まるでオス孔雀《くじゃく》の羽のように艶《あで》やかな緑や青の光沢を放っている。毛皮はすっかり櫛《くし》を入れられていて、寝ぐせなんてどこにもなく、ふわふわで、冬の朝から暖かそうだ。ミホシも、顔を洗って冷えた手と鼻をウェイデの尻尾のなかに潜り込ませて温めている。

ミホシはウェイデの存在が嬉《うれ》しいらしい。生まれて初めて見る、自分と同じ黒い耳と尻尾と瞳《ひとみ》の生き物だ。親近感が湧《わ》いているようで、昨夜《ゆうべ》も布団に入ってから、「明日もウェイデとお話できるかなぁ」と瞳をキラキラさせて眠りについた。

「……ミホシ、こっちおいで。ウェイデの邪魔しちゃだめだ」

コウは台所の間口に立ち、ミホシを手招く。

「こーくん、ウェイデがね、ホットケーキ焼いてくれてるよ。いっしょに食べよってってくれたよ」

ミホシはウェイデの尻尾を胸に抱きしめて、「しっぽまでほっとけーきのにおい……」と待ちきれない様子だ。もう既に何枚か焼いたあとで、ウェイデの尻尾からもほんのりホットケーキの甘い匂いがするらしい。

「コウ、入ってこい」

間口に突っ立ったままのコウにウェイデが声をかけた。

「あ、いや……」

「どうした？　……ほら、ミホシ、これでぜんぶ焼けたぞ。すこし離れてなさい。フライパンが熱いから火傷《やけど》をする」

煮え切らないコウに首を傾《かし》げつつ、ウェイデは、ガスコンロの火を止めて最後に焼けたホットケーキを大皿に乗せる。

ホットケーキタワーのてっぺんに、小さめのホットケーキが三つ乗って、ミホシが瞳を輝かせた。

「これ、ミホシも食べていいごはん？　小さいのがミホシの？」

「そうだ。小さいほうが食べやすいかと思ったんだが」

「大きいのをがぶってしたい」

「では、俺のと交換だ」

「ありがと、ミホシ、ウェイデすき」

「俺も君のことが好きだよ、ミホシ。……ほら、これが君の食器だ、良かったら使ってくれ」

「ミホシの！」

ウェイデに子供用のプラスチックの耐熱皿を持たせてもらい、尻尾をぶんぶん振る。

ミホシはその皿一枚を大事に持って、廊下を挟んだ対面の食堂へ走った。

「ミホシ、走らない」

「はぁい！」

「すみません、ウェイデ、手伝います」

「では、こっちを頼む」

「はい」

コウは茶器のセットを、ウェイデはホットケーキの大皿とサラダボウルを運ぶ。

厨房《ちゅうぼう》と食堂を二往復して、ほかの食べ物も運んだ。竈の上で保温されていたスープとミルク、予熱で温められたパンとバター。ジャムは杏《あんず》といちごと蜜柑《みかん》。ミホシでも食べられるやわらかい牛頬肉《ぎゅうほほにく》の煮込み。そして、たくさんの果物だ。

「ミホシと話していたんだが、明日の朝食は、蒸し鶏にしようと思う。それから、カボチャの粥《かゆ》と、普通の粥、白湯《パイタン》スープ。野菜は青菜の塩炒《いた》め、子供は生野菜があったほうがいいだろうから、生野菜をいくらかと、ヨーグルトか乳製品を用意しよう」

「あの、そんな毎日頑張って用意してもらわなくても……」

「ひとつ、立ち入ったことを聞くが……」

「改まってなんですか？」

「お前、料理ができないのか？」

「…………」

「質問の仕方を変える。火を使って料理するのが苦手か？」

「あー……」

的確に言い当てられて、コウは曖昧《あいまい》な声で頷《うなず》くしかできなかった。

「人に言うつもりはない。理由を問うつもりもない。ただ、なんとなくお前を見ていたら気づいただけだ」

コウがなんと言葉にすべきか考えあぐねていると、ウェイデがそう付け加えた。

コウとウェイデが食事を一緒にしたことは一度もなく、ウェイデが「母屋の台所を使って食事をするといい。簡単なもので、俺と同じでよければ食事も用意しておく。温めるだけでいい」と声をかけたこともあったが、コウは「いつ帰ってくるか分かんない仕事ですから」と断って、一度たりとも母屋で調理も食事もしなかった。

今回、ミホシを連れ帰ってきて、コウが「明日は食料の買い出ししてきます」とウェイデに言った時の買い物リストも、すべて調理不要で、電子レンジかオーブンで温めるだけの食材か、包丁で切るだけで火を通す必要のない食べ物ばかりだった。

コウは火を使った料理が苦手なのかもしれない。なにかしらの理由があって火器の使用を遠ざけているのかもしれない。そう考えてウェイデはサティーヌのところへの差し入れも調理不要のものばかりにした。……まぁ、葬儀やなにやらで忙しい人の調理の手間を省くために出来合い物を選んだ、という意味合いもあるのだが。

それに、「サティーヌのところには通いの人が来てくれて、その人が当日の夕食と翌日の昼食を作り置きしてくれるから、俺は焼きたてのパンとミルクを調達するだけでいいんです。ほんとは、卵料理でも添えてあげられたらいいんですけど……」と言っていたことを覚えていた。

そして今朝《けさ》、ウェイデが火を使っている間、コウは台所に入ってこなかった。

「そういうわけで、なんとなく気づいた」

「電子レンジとオーブンがあれば普通程度に調理できるんですけども、仰《おっしゃ》るとおり、火を使うのは苦手です」

「そうか。ではこれからは食事は俺の分担にするから、そのつもりでいてくれ」

「いや、それは……」

「代わりに、お前には皿洗いを頼むことにする。食料や生活用品の買い出しにも付き合ってもらう」

「あぁ、それなら……、いや、ちょっと待ってください？　この家、食洗器あるじゃないですか。俺、食器洗う必要ないですよね？　予洗い機能もついてるし……」

「そうだな」

「じゃあ俺の仕事ないじゃないですか」

「だって、この冬の寒い日にお前に水仕事をさせるのは可哀想《かわいそう》だ」

「…………」

「さぁ、食事だ」

「…………」

ウェイデにせっつかれて、コウはミホシが待ちかねている食堂へ向かった。

＊

朝食後、離れの庭に出た。

ミホシはウェイデにだっこしてもらって笑顔になっている。

近所の公園にでも出かけられればと思ったが、今日はひとまず離れの庭で遊ぶことにした。景色を楽しむための庭だから子供の遊び場にはならないが、いつの間にやらウェイデが子供用の砂遊び道具一式と砂を買っていたので、そこで遊んだ。

仔狐《こぎつね》と獅子《しし》が砂遊びをしたり、植木の水やり用の蛇口から水を引いて水遊びをしている姿は、ちょっとだけ、親猫が仔猫にトイレの場所を教えているような微笑《ほほえ》ましいやりとりに見えた。

ウェイデは気の長い男で、ミホシとのやりとりでは怒ることも急《せ》かすこともなく、根気よく話を聞いて、何度も同じ遊びをしたがるミホシに笑顔で応じて、「仕事はいいんですか？」というコウの問いかけに「昨日の今日だ、今日は休日にした」という答えが返ってきた。

「ウェイデ、ここのお庭でごはんは食べられる？」

「食べられるぞ。ＢＢＱでもするか？　……コウ、ＢＢＱはどうだ？」

「大丈夫、できます。火柱が上がったら逃げちゃうと思いますけど……」

「その時は俺の後ろに逃げてこい」

「ミホシも隠れていい？」

「もちろんだ」

「ふふっ……ウェイデの背中おっきいから、ミホシもこーくんも一緒に隠れられるね」

「ああ、任せろ」

ウェイデは清々《すがすが》しく、頼もしく笑う。

「……………」

男前だなぁ。笑った時に揺れる鬣《たてがみ》と尻尾が可愛いなぁ。

コウは、ぼんやりそんなことを思う。

ウェイデに肩車されたミホシも笑って「こわくないよ！」と言いつつ、ウェイデの耳をぎゅっと摑《つか》んでしがみついて尻尾をぷるぷるさせている。

家族ってこんな感じかなぁ……。

家族って、こんなだったかなぁ……？

なんだか、疑似家族を体験しているみたいで複雑だ。

ミホシやウェイデを自分の幸せの材料にしてはいけないのに……。

「こーくん！　見て！　ミホシ、上手にお砂をふるふるできるようになったよ！」

ウェイデに教えてもらったとおり、顔や尻尾を振って尻尾の奥に入り込んだ砂粒を払う。

「上手だ」

ウェイデに褒められて、ミホシは、ぱっ！　とお星さまが輝くような笑顔になる。

その笑顔を見て、ふと、コウは「あの時のお星さまの兄弟みたいだ」と思った。

ミホシが、あの兄弟のように幸せそうに笑ってくれている。ほんの一瞬の、いまこの時だけでも、お星さまみたいに、ふくふくとしたほっぺで、目元をくしゃくしゃにして笑っている。コウはそれがなんだかとても尊いことのような気がして、「ああ、ここに連れてきて良かった。ウェイデがいてくれて良かった」と胸が熱くなった。

「これなぁに？」

午後、お昼寝から目を醒《さ》ましたミホシに、コウとウェイデがとある説明をした。

ミホシに迷子用の携帯電話を渡し、ＧＰＳをつけることにしたのだ。

人間だけの世界だった頃は遠い昔だが、いまの世の中じゃ、未成年の子供には大体耳の軟骨か奥歯、皮下にＧＰＳやチップが埋め込まれている。チップといっても、厚さ一ミクロンもない薄いシートだ。ちょっと金持ちの親なら、その機器にバイタルチェックできる性能や、アレルギーなど既往歴のデータを記録させているし、情報保護も特殊なものを用いている。

獣人や人外の親の場合、ＧＰＳやチップといった機械に頼らずとも、子供に頬《ほお》ずりした際の自分の匂いだけで何百キロと離れた場所まで追跡できたりもするが、コウはこれがないとミホシの居場所を探し出すこともできないので、万が一を考えて導入した。

埋め込み式のチップを入れるのは、医療機関と親の許諾など諸般の手続きが必要なので、今回は外部取り付け式にした。見た目では装着していることが分からないタイプで、日常生活や海水浴程度では外れない。外れたとしても、コウの携帯電話に連絡が入るシステムになっている。

子供を守る方法は多様化している。種族の多様化に伴い、希少価値の高さでランクづけされたり、見た目や特殊な能力が注目され、誘拐される子供が後を絶たないからだ。

おそらく、ミホシもどこかから攫《さら》われてきたに違いない。東洋系の人外は数が少なく、とても珍しいし、本場の極東あたりでも「妖怪」や「あやかし」と呼ばれていて、日常生活では滅多にお目にかかれない存在だ。

ミホシは、見た目が目立つというだけでストリートチルドレンからいじめられていたし、サティーヌに保護されていなければ、珍しい生き物は珍味だと喜ぶ連中に喰《く》われていたかもしれない。

それくらい、黒い髪や瞳、耳や尻尾は稀少《きしょう》だった。

「ミホシがめずらしいから、こんなにいっぱいウェイデとこーくんが心配するの？　またいじめられちゃう？　おみみ、ひっぱられたり、尻尾、あちちになる？」

「もう絶対にいじめられたり、尻尾が燃やされたりしない。そのために、ミホシを守るために、こうさせて？　……あと、ウェイデの過保護は性格」

「……確かに、俺は過保護だ」

ウェイデも深く頷く。

「でも、子供には過保護なくらいがいいんだよ。甘やかすのと、保護に気を配るのは別問題だから」

「…………」

ミホシは、耳の粘膜に取り付けられた薄いシートを触り、なんだか落ち着かない様子だ。

装着に違和感はないはずだが、人外は、いつもと違うことをしたり、新しいことを始める時に消極的だという研究結果がある。

さて、どう説明して納得してもらうか……、コウが考えていると、ウェイデがミホシを膝《ひざ》に抱き上げ、話し始めた。

「俺の実家は、雪獅子と呼ばれる白い獅子の一族なんだ」

「……ゆきしし？」

「そうだ。雪のように真っ白の獅々だ」

「家族みんな？」

「あぁ、家族みんなだ。……だが、時々、俺のように突然変異で黒獅子で生まれる子供がいる」

「いじめられちゃったの？」

「それがな、……可愛がられた」

「かわいがられた！　よかったね！」

ミホシはほっとした顔でウェイデの首に抱きつき、鬣に埋もれる。

「ただ、滅多に生まれないから、悪い人に狙《ねら》われた。それから、俺のおうちがすこしお金を持っていて、幼い頃は人攫いに攫われそうになったことが何度もある」

「……かわいそう。こーくん、ウェイデにもチップつけてあげて。みまもってあげて」

「そうだな。見守ってあげないとな」

ミホシが手を伸ばすから、コウはその手に誘われるようにウェイデの隣に腰を下ろし、ミホシとウェイデの頭を両方撫《な》でる。すると、二人とも頭を撫でられやすいように同時に耳を伏せて、尻尾をぱたぱたした。

「俺の家族は俺を愛してくれて、可愛がってくれた。同時に、それに勝るほど心配されて、保護されてきた」

ウェイデの保護者は、幼いウェイデの物心がつかぬうちにチップを埋め込み、防犯装置を仕込み、身辺警護を雇ってウェイデの周辺を警備させた。

社会の法に則《のっと》って、成人すれば自分の意志でチップは外せるから、ウェイデはその時に外したが、幼少期にチップがあって困ったことはなかったが、助けられたことは何度もあったので家族には感謝している。

「俺は雪獅子族では珍しく黒獅子で生まれた。雪獅子のなかから生まれた黒獅子は吉兆だと尊ばれる。傍《そば》に置けば幸運が舞いこむという迷信もあるほどだ。だが、もし、俺が黒獅子で生まれなくても、きっと家族は大切に守ってくれただろう」

「……うん」

ミホシはウェイデの言葉に聞き入り、小さく頷く。

「子供は、誰《だれ》しもが尊ばれるべきこの世でただひとつきりの可愛い大切な存在だ。誰かにとっての一番星で、大切なお星さまだ。君の替えはどこにもいないし、失ってしまったら取り返しがつかない。だからどうか、そのチップをつけたままにしておいてくれないか？　俺やコウはすこし過保護かもしれんが、君のいやがることはしない。どうだろう？」

「みほしのこと大事にするのにひつよう？」

「あぁ、必要だ」

「じゃあいいよ」

「ありがとう」

「…………」

ウェイデのあの過保護なのって家系なんだ……、コウはそんな感想を抱いた。

家族みんなが家族のことを思いやって、できる限り最大限の気を配って、守る。

ちょっと行きすぎているかもしれないし、プライベートがないと思うかもしれないし、年頃になると「やめてくれ」と思ったかもしれないが、それらをぜんぶひっくるめて、最終的に、むやみやたらと反抗するよりも守ってもらったほうが安全で、生きて成人できると当時のウェイデは判断したのだ。

ウェイデの家族が、ウェイデのプライベートを侵害せず、ウェイデの自由に生活させて、ウェイデの危機が迫りそうな場合にのみチップを使った過保護を発揮して、ウェイデを尊重したというのも大きいだろう。

いま、ウェイデがコウを尊重しつつ見守ってくれているのと同じだ。きっと、この一族は、こういう愛の示し方をするのだ。

素敵な家族だ。

「……いや、ちょっと待ってくださいよ？　ウェイデ、雪獅子の一族なんですか？」

「あぁ」

「もしかして、ウェイデの苗字《みょうじ》って……」

「イェンだ。イェン家のウェイデ」

「学校の教科書に出てくる名前じゃん……」

眩暈《めまい》を覚える。

ちょっとおうちがお金持ち、なんてレベルじゃない。この国で五本の指に入る金持ちだ。虎《とら》獣人のルペルクス家、狼《おおかみ》獣人のアウィアリウス家と肩を並べる名家中の名家だ。メディアと法曹関係に強く、大臣なんかは数えきれないほど輩出しているし、そもそもこの国の法律の草稿はイェン家が作ったとされているし、法はイェン家が支配しているとまで言われている。

ただでさえ家族意識と群れ意識の強い雪獅子一族のなかに生まれた黒獅子の子ともなれば狙われるのも頷けた。そんな特殊な一族なのだから、当然、コウの巻き込まれた事件を揉《も》み消すなどは朝飯前だし、立ち退き問題を解決するのも容易だ。

「俺は末息子で、上に兄や姉が大勢いて、あまり裕福だという自覚はない。ただまぁ、育ってきた環境が世間一般と異なるという自覚はあるし、守り方が過剰なまでに行き届いていたのは事実だ。それに、いまは気儘《きまま》に独立してこんな仕事をしているから、一族では困った末っ子扱いをされている」

「そりゃ、困った末っ子扱いもしたくなりますよ。なんで金貸しなんか……」

「幸いにも、勝手に金が入ってくる生活だ。それなら、その金を上手に世間に分配して、困っている人を助けたほうがいいだろう？　この世の中には、高利を貪《むさぼ》る金貸しが大勢いるし、銀行も貸し渋る。かと思えば、困っているフリをして巧みに金を引っ張り出す犯罪者や悪質な者も大勢いる。本当に助けが必要な人に助けの手が届かない」

「あぁ、だから……情報屋経由でしか貸さないんだ……」

本当に困っている人を調査屋が調べて、情報屋がウェイデを紹介して、ウェイデが人となりを見て判断して貸す。必要があれば、公的な機関や福祉と繋がれるように橋渡しもする。それはまるで慈善事業だ。

慈善事業だが……、金貸しだ。

それだけが、コウの心に引っかかる。篤志家だと思えばいいのに、どうしても思い込めない。自分の根底に根づいている意識があまりにも頑《かたく》なで、コウは、自分の頑固な性分にほとほと困り果てた。

＊

ミホシとの生活も一週間が過ぎた。

生活にも慣れてきて、ミホシも表面的には落ち着いているようにも見えた。どちらかというと、風呂《ふろ》上がりのウェイデと鉢合わせたり、寝起きのウェイデを見ることになったりして、コウのほうが朝から晩までドキドキして気が休まらなかった。

この一週間の間に、コウはアンリと相談してミホシの養親候補について話し合った。

ミホシは「かぞくをみつけて」とコウに頼みこそしたが、「家族を見つけるにあたり、自分のなかのどういう気持ちを優先したい？」という問いかけに、ミホシは「知らない、分かんない……」とそっぽを向いて、ウェイデの尻尾に隠れてしまう有様だった。

家族探しは難航することを覚悟した。

コウは、ミホシの家族を探しつつ、調達屋の仕事も再開した。サティーヌが亡くなってから半月ほど休業状態だったし、いつまでも休んではいられない。

「いーやー！　ここにいるー！」

コウが仕事に出かける日の朝、ミホシの声が庭先に響いた。

朝からウェイデに猫ちゃんの形のホットケーキを焼いてもらってご機嫌だったのだが、

コウが「昨日の夜も説明したけど、ミホシは今日から託児所な」と言った途端、ウェイデの足にしがみついてコアラの子供のように動かなくなった。

「ウェイデと一緒におるすばんするー！」

「ウェイデは毎日この家でお留守番してるんじゃない。お仕事してるんだ」

駄々を捏《こ》ねるミホシを諭したり、宥《なだ》め賺《すか》したりするが、聞き入れてくれない。

そうこうするうちに、託児所からお迎えが来た。

ロクサーヌという蛟《みずち》の人外だ。彼女もサティーヌの孤児院を出ていて、託児所を経営している。ミホシとも顔見知りだ。今日はロクサーヌが迎えに来てくれたが、コウにお出かけの準備をさせられている間もいやがり、玄関までだっこで運ばれても「うぇいで～」と泣き声でウェイデを呼んだ。

「よっぽどウェイデさんのことが好きなのね」

ロクサーヌは困り果てた様子で苦笑している。

「……うぇいでといっしょにいる……」

玄関まで見送りに来てくれたウェイデにしがみつき、ミホシは首を横にした。

「コウ、今日は俺が休みにするから……」

「だめです。そういう甘やかし方はしないでください」

ウェイデの言葉途中でコウが言葉を被《かぶ》せる。

体調不良や、なにか理由があってウェイデと一緒にいたいなら託児所を休むことも認めるが、単なる我儘《わがまま》なら認められない。

「ミホシ、これから毎日ずっとウェイデと一緒にはいられない。託児所に行くのも、将来、家族と一緒に暮らすために必要なことだ。ここで、俺とウェイデだけがいる家でじっとしていたらだめだ。外に出て、遊んで、勉強して、気の合う友達とか、好きなものを見つけるために、いろんな物事を見聞きしたほうがいい」

「やだぁ……」

「やだじゃない」

「こーくんもお仕事おやすみして……、ミホシといっしょに遊んで……」

「今日は休んでも、明日は仕事に行くぞ」

「…………」

「毎日ずっと三人一緒にいられることなんてできない」

「…………やだ。……いじわる言わないで……」

「いじわるじゃない」

「じゃあ、ウェイデといっしょにいる！」

「だめだ。子供は金貸しの傍にいちゃいけない」

言葉尻《ことばじり》も強く、そう言ってしまった。

即座に微妙な空気が漂い、コウの背筋にも冷たいものが走ったが、コウはウェイデの足もとからミホシを引き剝《は》がし、そのままロクサーヌに渡した。

「職業差別するつもりはありません。すみません、言葉が過ぎました」

ウェイデへ頭を下げて謝るが、後の祭りだ。

ウェイデのしていることは慈善事業の金貸しなのに、あくどい金貸しのような言い方をしてしまった。その後ろめたさで、ウェイデの目を見て謝れなかった。

「気にするな」

ウェイデは気を悪くした様子もなく、コウの謝罪を受け入れてくれる。

「私からもお詫《わ》びします。申し訳ありません」

「ロクサーヌさんも頭を上げてください。どうかお気になさらず。自分でも自分の職業を金貸しと称していますから、それが真実です」

「言い訳がましいですが、コウは、孤児になった原因のせいで、金融……と言いますか、金貸しという職業に対して良い思いを抱いていません。それでも、あなたのことは大変信頼していて……」

「ロクサーヌ、やめてください。俺、ウェイデには話してないんです」

「……あなた、話してないの？」

「はい」

「そう……。ごめんなさい、てっきりもう伝えているものだと……。ウェイデさんも失礼いたしました。どうか私の言葉は忘れてください。そして、もし叶《かな》うなら、コウが話したいと思った時を待ってあげてください。……それじゃあ、また夕方にね、コウ」

「うん。ミホシのことお願いします。……ミホシ、いってらっしゃい」

ロクサーヌの腕に抱かれたミホシは、ぐずぐずと涙目でそっぽを向いて、ロクサーヌの胸に突っ伏す。

「私、貧乳だから、突っ伏しても気持ち良くないわよ？」

「……ウェイデのおむねのほうがふかふか……でも、ろくさーぬちゃんもすき……」

「そうね、ふふ、知ってるわ」

「たくじしょ行くのがきらいなんじゃないよ？」

「それも知ってるわ。ウェイデさんとコウとミホシの三人で一緒にいるのが思いのほかに楽しすぎてずっと一緒にいたかったのよね」

「……うん」

そんな会話をしながら、ロクサーヌの車で託児所へ出発した。

車が見えなくなるまで見送って、コウとウェイデは玄関へ戻る。

「あの、さっきロクサーヌが言ったことは忘れてください」

「お前が俺を拒絶する理由が金貸しに所以《ゆえん》する、というところか？」

「そうです。ロクサーヌは、俺が話したくなるのを待っててあげてくれってウェイデに頼みましたけど、待たなくていいです。俺は絶対にあなたに話さないですから」

　こんなことでウェイデと険悪になるのだろうか。

　そうはなりたくない。でも、言葉がきつくなるのを止められない。

「率直な気持ちを言っていいか？」

「はい」

「すこし、安心した」

「……なんでですか」

「俺がモーションをかけても一向にお前が靡《なび》かないのは、なんらかの理由があるのだろうと察していたから、その理由の一端を知ることができて安心した」

「それは安心材料になるんですか」

「なる。それに、お前を攻略する材料にもなる」

「なんでそんなに前向きなんですか。俺が絶対に振り向かない可能性もあるんですよ」

「だってお前はもう半分以上俺のほうを向いている」

「…………」

「それどころか、八割くらいか？」

「自信家……」

「早く俺の手に落ちてこい。とびきり幸せにしてやる」

「俺の不運をひっかぶってウェイデが不幸になっちゃいますよ。……じゃあ、俺も仕事に行きます」

「待て」

ウェイデはコウの腕を取り、引き留めた。

「なんですか」

「今日の仕事相手は、猩々《しょうじょう》の獣人だったと聞いているが？」

「そうです」

「なら……」

「今日は、マーキング、いいです……。たぶん、今日は、如何《いか》にも八割そっちを向いてることを肯定してしまう感じになっちゃう気がするので……」

「八割はいまは忘れろ。最後にしたのが一ヵ月以上前だ」

サティーヌのあれこれがあって、随分と間が空いている。

ウェイデはそれを心配していた。

「五年近くこんなことやってて、さっきの話の流れも調子よく忘れてウェイデの親切だけもらうのって、なんというか……本番はヤラせないのに気のあるフリしてるタチの悪い女みたいじゃないですか……」

「言い得て妙な……」

「ちょっとはそういう自覚もあるんです」

「なら、今日は俺を気持ち良くするためにお前の口を使わせてもらう」

「そっちのほうがいっそ気が楽です」

ウェイデに手を引かれて、玄関から一番近い部屋に入った。

＊

コウがどれだけ素っ気ない態度を貫いても、ウェイデはいつも優しい。

「コウの口を一方的に使う」

そう宣言しても、ウェイデはコウを苦しませることはしない。いつものように、自分の手で大きくして、コウがほんのすこし協力して、マーキングするだけ。

「マーキングを持ちかけた俺が言うのもなんだが、こうまでして頑張らんといけないものか？」

「自分で選んで決めた仕事ですから」

そんな会話をしたのも最初の半年くらいで、五年も経てば、ちょっとはこの行為にも慣れが出てくる。

最初のうちは噎《む》せたり、気管に入りそうになったりしたけれど、いまはもう上手にしゃぶれる。まぁ、舌でちょっと舐《な》めるくらいだが……。

「……ん」

先走りが、血管の浮き出た太い竿《さお》を伝う。その白濁を舌で舐める。

下から上ではなく、上から下へ。顔を斜めにして、ウェイデのまたぐらに顔を埋《うず》め、丹念に舐め清める。上から下へ舐めるのは、竿にある棘《とげ》が舌に刺さらないようにするためだ。

五年もあればそこそこ経験値を積めるし、マーキングしてもらったあとの掃除くらいは手伝えるようになる。ぜんぶウェイデに教えてもらった方法だから、ウェイデ以外には通用しないのだが、ウェイデは上手な舌遣いを仕込めたと満足そうだった。

それに、ウェイデが満足なら、コウも満更でもない。

「ん、ぁ……」

唇を離そうとした時、ウェイデの足がコウの股間《こかん》を優しく踏んだ。

こんなことをされたのは初めてだ。

ちらりとウェイデを見やると、いつものように、コウのうなじや耳の後ろに吐き出したばかりの精液をなすりつけながら、ズボンのなかのコウの陰茎をコウの腹に押し当てるように強く押し潰《つぶ》す。

「……っは、ぁ……ぅ、ン……っ、ぁ」

ウェイデの太腿《ふともも》にしがみつき、背を丸めて喘《あえ》ぐ。

下着のなかが、温かい。もうすっかり癖づいてしまった少量のおもらしも、ウェイデに言わせれば発情したメスの当然の生理現象だと褒められ、抗《あらが》うことをやめてしまった。

湿り気を帯びた下着のなかで勃起《ぼっき》した陰茎が、ぬめった先走りを垂らす。

「っは、ぁ、っ……ぅぁ、あ……や、だ……ウェイデ、……っ」

いやなはずなのに、腰が揺れる。

ウェイデの足の裏に陰茎を押し当てて、初めて盛りのついた仔犬みたいに腰を振る。もちろん、交尾相手がいないから、飼い主の足を使って初めての性欲を発散する。

ウェイデはコウの頭を撫でて、上手にできている、と褒めてくれる。

褒められると、我慢できない。コウが射精したら、もっと褒めてくれると頭が覚えているからだ。褒められて、ウェイデの瞳で見守ってもらって、なにかひとつ頑張って達成すると、すごく気持ちいいと体が覚えてしまっている。

ウェイデという人は、好きな人というよりも遠くから見つめているだけで幸せな人。コウは、そんな立ち位置からウェイデを慕っている。そういう特別な存在にマーキングしてもらったり、こんなふうに足で気持ち良くしてもらったり、自慰をさせてもらうというご褒美をもらったりするのは、好きな人の過剰摂取で心臓がどきどきして死んじゃいそうになる。

今日みたいに、必要以上に優しく甘ったるくされたり、足の裏を使われて悪戯《いたずら》されるとサービスが過多でキャパオーバーして、頭がパンクしそうになる。

いつものマーキングでさえ、「ウェイデのにおいがする……」と興奮して、表情がふにゃふにゃになって蕩《とろ》けるのを我慢するのが精一杯だ。ただでさえ行為の前後は自分の好意を隠すために素っ気なくしてしまうのに、こんなことまでされたら、ウェイデを好きなことが駄々漏れになってしまう。

ウェイデが尊すぎて頭がばかになる。

ウェイデが好きで、好きと言葉にすることすら恐れ多い。

ウェイデが大好きだ。

なにが好きってもうぜんぶ好きだ。

本当は、とても、とても、とても、好きだ。

大好きだ。

ウェイデが好きだという自分の気持ちに向き合うだけで幸せで涙が出てくる。

でも、好きな人を一生好きで居続ける気持ちはあっても、コウには、好きな人と両想いになろうと思うほどの気概も根性も勇気もないのだ。

「コウ」

「……ふぁ、ぃ」

名を呼ばれて、ほんのすこし頤《おとがい》を持ち上げる。

いつの間にか、ウェイデの足の裏ではなく、足の甲に尻を乗せて、むこうずねに股間を押し当てていた。

「上手だ」

「ん、……」

丸まっていたコウの背を伸ばすように腕を添え、ウェイデが背を曲げる。

ぺろりとコウの口端を舐め、唇を奪う。

「……っ」

大きな大きな獅子の口でがぶりとされて、声もなくコウは極まる。

好きな人からの甘噛《あまが》みとキスだ。うれしい。死んじゃう。

腰が小刻みに揺れ、床に触れていた内腿が不規則に震え、下腹が波打つ。

「ああ、上手にできたな」

「……ほめて」

もっと褒めて。

もっと見て。

ウェイデに褒めてもらえると、見つめてもらえると、心が気持ちいいから。

「いい子だ」

かわいいかわいい仔犬。

近頃は、ウェイデの一挙手一投足で、きゅうきゅうと可愛く鳴いて、だめ、と言う言葉も弱々しく可憐《かれん》で、自分からウェイデにしがみついて離れない。

五年かけて、ようやくここまで懐いてくれた。五年の月日でウェイデのマーキングが及ばぬところはなくなり、体の隅々、心の奥にまでウェイデが染みついている。

今日もゆるくコウの手を引けば、発情したメスの顔をして素直にウェイデにくっついてきて、従順にウェイデの足もとにおすわりをした。当たり前のように小さな口を使って精液を受け止めて、舌にそれを乗せて「じょうずにできた」と見せてくれて、ウェイデが頭を撫でれば、こくんと飲み干した。

「いい子だ。お前は物覚えが早い。かわいい、かわいい、いい子だ」

気だるげな表情でウェイデの太腿に頬を乗せたコウが悩ましげな吐息を漏らす。

射精した直後の、ほんの一瞬気がゆるんだ時にだけ見せる、無防備な姿。

これが、コウにできる精一杯の甘え方だと思うとウェイデは興奮した。

「…………」

ウェイデに頭を撫でてもらいながら、コウは再び自分の股間が重くなるのを感じ、「しごと、ちゃんと行けるかなぁ？」とぼんやり考え、盛りのついたばかりの仔犬らしく我慢の利かない性欲に忠実にウェイデの足に自分の性器を押し当てた。

＊

今日は、調達屋のほうに新規の依頼が入っていた。

仲介屋をしている猩々の獣人からの紹介客で、まず顔合わせをすることになった。とはいえ、現在その客は隣国で生活しているらしく、この国にはいない。猩々の獣人の立ち会いのもと、ＰＣのＩＰ電話で顔合わせをした。

依頼主は、一見したところ男女の人間で、恋人同士であり仕事のパートナーでもあると説明を受けた。近々、コウたちの暮らすこの街に仕事で立ち寄る予定があるらしい。

長期滞在の予定で、この国までの片道の飛行機チケット、コウたちの暮らすイルミナシティでの移動手段、つまりはレンタカーと宿泊施設を調達するのがコウの仕事だった。

わざわざ調達屋を介するほどのことではないが、一括で頼んで手間を省こうという考えらしい。部下に手配させたり、旅行社や現地コーディネーターに依頼しないことにも理由があるそうだが、守秘義務にかかわるらしく理由は伏せられた。

依頼主が求めた宿泊施設は、長期滞在中に快適に過ごせる広いヴィラだ。多忙な二人が心穏やかに過ごせる静かな環境と美しい景色。そして、集中して仕事ができる外界から隔絶された非現実的な世界。それが用意できるなら金銭に糸目はつけないとのことだった。

なにかしら芸術的な職業だろうかと推測していると、アパレル会社を経営していると依頼主から説明してきた。女性が買い付けを行い、男性はデザインを行う。期限を区切らずイルミナシティに滞在し、この地で満足いくまで過ごしたら、また次の国へ行って買い付けをしたり、観光をしたり、創作に勤《いそ》しむ……、という感じらしい。

コウが求めていないことまで相手から説明されて、「では、重たい荷物や嵩張《かさば》る荷物も運べるような車と創作に励める静かな環境を用意します」と答えた。

ひとまず、今日は二人の要望をリストにして見積もりを出し、値段交渉をしてそれでOKなら正式に契約を交わして受注ということになった。

今回は、猩々の獣人の仲介だったから、猩々の獣人に仲介手数料を持っていかれるが、正式な依頼額からの二十パーセントという良心的かつ一般的な割合を提示されたので、コウはそれで合意した。

猩々の獣人は別れ際に「へへっ……今日もまた旦那《だんな》の匂いが濃いね」とコウの近くで鼻を鳴らした。猩々は「おぉこわいこわい」とわざとらしく身震いしてコウの傍を離れるが、この仲介屋のセクハラはいつものことなので「うちの旦那クッソ怖いから、あんまり変なこと言ってくんな」と牽制《けんせい》して、その場を去った。

この猩々、根は善人なのだが、ちょっとばかし他人の性事情や夫婦生活に首を突っ込むという厄介な趣味があった。

猩々と別れたあと、コウは近場のカフェで依頼主から送られてきたデータを確認しつつ移動手段調達の段取りをつけ、見積もり書を作って依頼主へ送り返し、いくつかの交渉と折衝、契約書をネット上の署名で取り交わし、互いの身分証などをやりとりして、ある程度仕事を片づけたその足で、夜も更けた頃にミホシを迎えに行った。

夜遅くまで託児所に預けられたミホシは怒っていたが、「今日はごめんな。家に帰ろ？」とコウが両手を開くと、ミホシは「怒ってます」と尻尾で主張しながらも、コウの腕に抱かれてくれた。

帰宅する頃にはミホシはすっかり夢の世界の住人で、寝室のベッドに入れても目を醒まさなかった。寝床はウェイデが準備してくれていて、今朝、洗濯しようとシーツを剝がしたベッドには新しい寝具が設《しつら》えられていた。託児所に預けていた下着とパジャマにロクサーヌが着替えさせてくれていたおかげで、帰宅してからは楽をさせてもらった。

一階に下りて台所で水を飲み、ふと紫檀のテーブルを見やると、夜食と書かれたメモと一緒にコウの食事が用意されてあった。今夜は遅くなるから食事の支度は不要だと連絡しておいたのに、時々、ウェイデは無償の愛をくれる。

コウは空腹を覚え、電子レンジでそれを温める寸暇も待てずにそのまま食べた。片手でつまめるタルトだ。甘いタルトではなく、総菜系のタルトで、腹に溜《た》まるし食いでがある。あっという間に平らげて、ごちそうさまでした、とメモに書き足し、食器を洗う。

腹が満ちたら疲れもすこし薄れて、「あー……そうだ、洗濯物しとかないと……」と思い立ち、洗濯場へ向かった。

そうしたら、洗濯場に「洗濯済み、お前の部屋にある」とウェイデのメモが添えられていて、二階の自室へ向かうと、きっちり畳まれた洗濯物が籠に入れて置かれていた。

寝床の支度をしたり、洗濯物をしてくれたり、食事を用意してもらったり、申し訳なくなる。恋人でもない好きな人に自分の身近な世話を焼かせてしまった。しかも、「今日、俺……えっちなアレで、出かけしなにパンツ穿《は》き替えた……」ということを思い出し、「ぱんつ洗わせてごめんなさい……」と恥ずかしくて顔を覆った。

ウェイデ本人に言えばいいのだが、今日はウェイデも仕事で遅くなるらしい。

コウが帰宅した時には、まだウェイデは帰ってきていなかった。

「……ただいま……」

家に帰ってきて三十分は経つが、いまさらながら、虚空へ向けて喋《しゃべ》ってみた。

いつもウェイデが「おかえり」と言ってくれることがどれだけ幸せで恵まれていることか身に染みた。

この幸せを手放さずにいたい。

すこし自分に素直になって、ウェイデの気持ちに応えて、ウェイデに自分の気持ちを伝える努力をしたい。

そうすれば、毎日この幸せが続くのだろうか……。

でも、金貸しとは付き合わない。家族にならない。

孤児になった時に決めた自分の気持ちが揺らいでいた。

＊

養親候補についてミホシと話し合いたいのに、ミホシは応じてくれない。

年単位という長いスパンでじっくり相性を見ていくべきことなのにスタート地点にすら立てていない。生前のサティーヌも「私やアンリが、この人なら……と思っても、ミホシはいやがるのよ……」と途方に暮れていたことを思い出す。

せめて、この話題を嫌がる理由だけでも話してもらえないだろうか。会話の糸口を摑むためにいろんな切り口で話しかけてみるが、その話題を口にするとミホシが泣きそうな顔で、……時には本当に泣いてしまうので、あまりにも可哀想で話をしにくい。

コウも「いまはまだ時期尚早で、見守りに徹するべきかもしれない」とも考えた。アンリやロクサーヌ、ウェイデのように経験豊富な大人たちも「サティーヌが亡くなって、まだ一ヵ月も経っていない。再び環境が変わることがこわいのかもしれない」というコウの考えに頷く面もあった。

総合して、ミホシについては見守りに徹して、「大人だけで進められる面を進めていこう。ミホシが、おとうさんとおかあさん候補に会いたいと言った時に、すぐに対応できるようにしていこう」ということで落ち着いた。

「……寝てる」

ある夜、コウが風呂から出ると、ソファでウェイデが寝ていた。

パジャマ姿のミホシはウェイデの腹の上で大の字になって、くぅくぅ寝息を立てている。

二人とも尻尾がくったり寛《くつろ》いでいて、ミホシの尻尾にウェイデの尻尾がゆるく絡んでいる。きっと、腹から落ちないようにウェイデが巻きつけたのだろう。

ウェイデの腕はちゃんとミホシを抱えていて、ミホシも小さな手でウェイデの鬣をゆるく握っている。

コウは、ソファから飛び出したウェイデの長い足を避《よ》けて頭のほうへ回り、ミホシの寝顔を見た。よく寝ているが、これだけぴったりくっついているのを引き剝がすとなると目を醒ますかもしれない。

さて、どうやってベッドまで運ぼうか……。

ふと、ウェイデのほうを見やった。

ウェイデもよく眠っている。今日は一日中ずっとミホシの遊び相手になって疲れたのだろう。

今日だけでなく、ウェイデは毎日なにかしらコウを助けてくれて、ミホシの世話を焼いてくれる。ミホシと二人で庭で遊んだり、朝に焼きたてのパンを買いに出かけたり、夕方、コウの目を盗んでおやつのつまみ食いをしたり……、まるで父と息子のようだ。

「あのね、三人で一緒に寝たいの。……だめ？」

近頃は、ミホシがそんなことをねだる。

コウが答えあぐねていると、ウェイデが「では、三人で縁側のある部屋で昼寝をしよう」と落としどころを見つけてくれて、昼寝をしたこともある。

ミホシは、なんでも三人でしたがる。お風呂に入ったり、公園へおでかけしたり、遠出のお買い物をしたり、「おしごとも、さんにんいっしょでできたらいいのに……」と言い出す始末だ。

「ミホシはまだ働けないよ」

「じゃあ、ウェイデとこーくんが一緒に働いたらいいのに……」

「なんでそう思うんだ？」

「そしたら、一緒にいってらっしゃいして、一緒に帰ってくるよ。いまみたいに、バラバラじゃないよ。一緒にいってらっしゃいして一緒にただいましたら、三人でいられる時間がたくさんだよ」

ミホシなりに頭を捻《ひね》って、三人でいられる方法を編み出したらしい。

「どうして三人一緒がいいんだ？」

「…………」

ミホシは、ちらりとウェイデを見て、コウを見て、言うか言うまいか逡巡《しゅんじゅん》を見せて、

「さんにんがいいから……」としかその日は教えてくれなかった。

「三人かぁ……」

コウはミホシの言葉を思い出してぼんやりと呟《つぶや》き、ウェイデの寝顔を見つめる。

この人の寝顔を見るのは初めてだ。こんな顔をして眠るんだな……、滅多に見れないものを見られて嬉しい。喜びを噛みしめ、しっかり脳裏に焼きつける。

大きな獅子なのに、寝顔は猫みたい。目を細めて、気持ち良さそうに寝息を立てている。目を瞑《つむ》っているから余計に真っ黒で、どこに瞳があるのか分からない。

じっと近くで見ようと背を曲げて顔を覗き込む。

つい昨日も、これくらいの距離でウェイデの顔を見た。

キスされた。好きな人からキスされた。

いまになって、あの時の悦《よろこ》びと興奮が蘇《よみがえ》る。仕事が忙しくて、あの時の悦びに浸る余裕がなかったけれど、いま思い出すと、飛び跳ねて拳《こぶし》を握って雄叫《おたけ》びを上げたくなる。

頬の内側を噛んで喜びの表現を我慢して、でも、我慢しきれず、今日は、コウがウェイデの唇を奪っていた。

なぜそうしたのかは分からない。気づいたら、ウェイデにキスしていた。

鼻先に、ちょん、と唇を押し当てて、ゆっくりと離れる。

自分でしておきながら、いまのはキスなのかどうか、触れたのかどうかすら分からなくて、すこし顔を斜めに傾げて、次は、ウェイデの口端に唇を寄せた。

一方的なキスは、あの日のキスのような悦びはない。けれども、あの日のキスが人生で一番の記念になるコウにしてみれば、今日のキスでさえ唇が幸せだった。

「さいあくだ……」

幸せだけど、はたと我に返る。

ウェイデの寝込みを襲ってしまった。同意なくキスしてしまった。

もう、自分で自分を抑制できなかった。それほどまでにこの感情が思い余ってしまっていることを自覚してしまった。

「ごめんなさい、……あー……、どうしよ……ごめんなさい、ごめんなさい」

ウェイデの鼻先と口端を自分の服の袖で拭い、頭を下げて、逃げた。


「…………」

ところで、ウェイデは微妙に目が醒めていた。

風呂上がりのコウの匂いがしたし、コウの足音もしたから、すぐに目を醒ました。

ただ、抗えない眠気と、腹の上のミホシの重みと温かさがウェイデを睡眠と覚醒《かくせい》の間で右往左往させていて、まどろみの縁にいた。

そうしたら、唇を奪われた。

しかも二度。

それも、コウから。

まるで仔犬がじゃれてくるような、あどけないキス。

されども、この世でウェイデがもっとも欲したキスだ。

人生で一番激しく尻尾がばたばたしそうになるのを必死の思いで堪《こら》えた。ここで目が醒めていることがバレてしまうと、コウが顔を真っ赤にして恥ずかしがってもう二度とキスしてくれないかもしれないと思ったから、必死に寝たフリをした。

コウは根が真面目《まじめ》なせいか、意識のない人にキスすることは寝込みを襲うことと同義だと思ったらしい。真剣に謝る姿はあまりにも生真面目で可愛いすぎた。

ウェイデは、「神はこの世に天使をたまわした」と心の中で全国津々浦々万国各地八百万《やおよろず》と森羅万象に感謝した。

大慌てで逃げる足音などは、かわいい悪戯をした仔犬の足音のごとく愛らしくて、ウェイデはその尊さのあまり天に召されるかと思った。

ここでウェイデがコウを追いかけて、壁際に詰め寄って、逃がさないように隅に追い詰めて、「俺たちは両想いだという自惚《うぬぼ》れが確信に変わった。……だが、なぜそうも俺から逃げる？」と面と向かって迫ったとして、その結果、たじろいで余計に頑なになるコウが容易に想像できたので、ウェイデはコウを追い詰めすぎぬよう追いかけるのを堪えて、さっきの甘く愛らしいキスを反芻《はんすう》した。

恋の狩りは何事も忍耐だ。

だが、辛抱の利かぬ尻尾がばたばた揺れてソファを叩《たた》いてしまい、中途覚醒したミホシに「……うぇいで、しっぽは、しずかにねんねよ？　……しっぽ、ぽよぽよさせないで、……はい、ねんね、いいこいいこ」と、叱《しか》られつつ寝かしつけられた。

「すまん……」

ミホシの口端のよだれを拭って、ウェイデは生まれて一番の笑顔で詫びた。

【4】

コウは、ミホシの養親候補のデータをタブレットで見ていた。

持ち出し禁止のデータということもあり、データを持っているアンリの弁護士事務所で作業中だ。アンリ専用の執務室の応接ソファに靴を脱いで寝転がり、アンリの秘書が出してくれたココアを飲み、アーモンド生地にアプリコットジャムを巻いたクッキーを食べながら、腹にタブレットを乗せて画面をタップする。

アンリの事務所で働いている人たちは、最初、小遣い稼ぎ程度の仕事で出入りするコウを「アンリ代表の隠し子……」と思っていたらしく、誤解が解けて孤児院出身の兄弟だと知るとコウに親切にしてくれたし、ミホシの養親候補の件で出入りすることも承知していて、優しく迎え入れてくれる。

ミホシの養親候補は、家柄や収入、賞罰関連は当然のこと、人柄も申し分ない人たちをピックアップしている。ミホシのデータは一切公開せず、人外の子供という事前情報のみを与えて篩《ふるい》にかけた時も、福祉事務所やアンリとの面談で真摯《しんし》に臨んだ人たちだ。

本来なら、血の繋がりのないコウにはこういったデータを閲覧する権限はないのだが、コウもミホシの後見人の一人として登録されているので閲覧権限が付与されていた。

「……うん？」

一組の男女の夫婦の写真になった時、画面をタップする手を止めた。

どこかで見たことのある顔だ。平凡な顔だからかもしれないが、既視感がある。パッと見の印象が、「なんとなく好きな雰囲気じゃない。ピックアップする時にも見ているはずなのに、なぜその時は引っかからなかったのだろう？」という、なんとも曖昧で、感覚的なものだった。

「どっかで見たことあるなぁ……。でも、サティーヌとアンリと役所がリストに載せた身元のしっかりしてる人たちだしなぁ……」

タブレットを顔前まで持ち上げて、画面を注視する。

どうにも頭がぼんやりして、……記憶がぼんやりしているだけかもしれないが、ハッキリとどこで見たのか、見覚えがあるのか、思い出せない。

すこし調べてみることにして、データをスマホに移動させる。

「……い、っ……！」

データを移し終えて、またぼんやり画面を眺めていると、タブレットを取り落とした。

鼻に当たって、一人静かに小さな悲鳴を上げて悶絶《もんぜつ》する。

「コウ、まだいるか？」

出先から戻ってきたアンリが執務室の扉を開いた。

「いる……」

「なんだ？　鼻を押さえて、どうした？」

「タブレット落とした……」

「寝ながらやってるからだ。……仕事が一段落したようなら昼メシでも食いに行くか？」

「もうそんな時間？」

「あぁ」

「じゃ、帰る」

コウはソファから跳ね起きて、荷物を片手にタブレットをアンリに手渡す。

「ジャケット忘れてるぞ」

「おぉ、ありがと」

アンリが放り投げてくれたジャケットを受け取って袖を通す。

「急がずともいいだろう？　せっかくお前が襟付きのイイ服を着ているんだ。ちょっとイイ店で肉でもと思ったんだが……」

「次の仕事あるんだ。襟付きのシャツ着てジャケット持ってるのは、顧客との面会用。……肉はものすごく心惹《ひ》かれるけど、次まで我慢しとく」

「ちゃんと休んでるか？　無理は……」

「してない」

「あの獅子の男とは……」

「デキてない。だいじょうぶ」

「デキてもいいんだぞ」

「金貸しはやだ」

手を振って、この話題から逃げるようにアンリの事務所を出た。

アンリの事務所の地下駐車場まで走り自分のバイクの前で立ち止まると、携帯電話でファイルをひとつ作成し、情報屋モリルに連絡を入れた。

「モリルさん、こんにちは。いつもお世話になってます。コウです」

『はい、こんにちは。毎回挨拶《あいさつ》ができて、いい子ね。アンタほんとこの業界じゃ珍しいくらい律義で礼儀正しいわ』

モリルは、まるで近所の子供を褒めるようにコウを褒める。

「ありがとうございます。……ちょっと調べてほしいことがあるんですけど……時間ってありますか？」

『あるっちゃあるけど、ないっちゃないわね。でもまぁ、アンタは特別。可愛いパピーちゃんだからお願い聞いてあげるわ』

「…………」

『モリル、美少年だいすき』

「えっと、データ送りますね。……はい、送りました。いまデータで送った写真の男女なんですけど、ちょっと調べてもらえますか？」

『つれないわねぇ、んもう……、はいはい、データは受け取りました。……で、この二人をちょっと調べるだけでいいの？』

「しっかりめにお願いします。対象の調査項目はもうひとつのファイルに記載してます」

『了解。お急ぎかしら？』

「そこそこお急ぎです」

『じゃあ、いつものタイミングで一度連絡入れるわね』

「お願いします」

前金をネットバンクから支払って、入金確認してもらってから電話を切る。

モリルに情報収集を頼みつつ、コウも自分で動く。

養親候補の住所や勤め先は分かっている。それがたとえ隣の国でも出かけていくし、遠い外国でも関係ない。実際にあの養親候補の家の近くや近所の住人から聞き合わせをして、普段の生活状況などを確認するつもりでプランを立てる。

アンリに伝えるのは、確証を得てからだ。不確定情報だけで多忙なアンリを煩わせる前に、自分でできることは自分でしておく。

やっていることはまるで探偵だ。なんとなく気にかかっただけだが、ミホシにかかわることだ。調べておいて損はない。なにもかもすべてしっかりとできることをしてから、ミホシに「この人なら大丈夫だよ」と自信を持って言ってあげたかった。

もう決してミホシが一人になることのないように、ちゃんとしたまっとうな家族を見つけてあげたかった。

だが、養親候補を調べる前に、今日は先に入っていた調達屋の仕事がある。

例のアパレル関係の二人の依頼主だ。

依頼主とは、イルミナシティ旧市街地の外れにある貸別荘で待ち合わせた。

この貸別荘もコウが調達したものだ。周囲は木立に囲まれていて、街中とは違い雪景色が美しい。

「……さっむ」

忙しくするうちに十一月も月末に差しかかり、季節はすっかり冬めかしくなった。

バイク移動でジャケットだけだと寒い。忙しさを言い訳にクリーニング屋に冬物のコートは預けっぱなしだったが、やっぱりコートが必要だ。コウは貸別荘の前にバイクを停《と》め、赤い鼻を両手で覆い、自分の息で温める。携帯電話で時刻を確かめ、まだ時間に余裕があることを確認して、貸別荘の玄関前で依頼主を待った。

依頼主は時間より五分ほど遅れて姿を現した。

コウが手配した車で、女のほうが運転して、男のほうは助手席に座っている。空港で車を受け取ってください、と連絡してあったから、空港からそのまま来たようだ。

車を降りた瞬間、息を呑《の》んだ。

ほんの一時間ほど前まで、アンリの事務所のタブレットで見ていた顔だった。

モリルに調査を依頼したあの養親候補だ。

タブレットの画像は身なりも落ち着いていて、男はスーツ、女はワンピースとジャケットのセットアップだったが、今日は、アパレル関係に従事する人間特有の洋服や持ち物、化粧などで装っている。奇抜ではないし、下品でもない。香水もほんのりと薫る程度で、どちらかと言えば上品だ。

見た目年齢は三十代後半。タブレットの情報だと、二人とも三十八歳とあった。男女どちらの仕草も美しく、穏やかで、驕《おご》り高ぶった様子もない。目下のコウにも「このたびはお世話になります」と、あくまでも仕事相手として適切な応対をしてくれた。

ひとまず、冷気を避けるために、コウが鍵《かぎ》を開けて別荘へ入る。

到着日時を伝えていたから、別荘の貸主が事前に掃除をしてくれて、暖房も入れてくれていたので暖かい。

二人組が上着を脱ぎ、暖を取るためにコーヒーを淹《い》れる間に、コウは、タブレットの情報と現物の彼らの情報を脳内で照らし合わせていた。

二人とも富豪と言われる家柄の出身で、結婚以前から代々一族が経営する企業の役員として名を連ね、役員報酬で生計を立てているとあった。アパレル関連の仕事に従事しているという文言はなかったはずだ。

「あなたも黒目黒髪なんですね。それに、東洋系……」

ソファに腰かけた女性がまず口を開いた。

「…………」

内心、どきりとした。

コウがミホシの関係者であることは話していないのに、ミホシとの共通点である黒目黒髪東洋系を指摘されたからだ。

「コーヒーをどうぞ」

「頂戴《ちょうだい》します」

対面に腰かけていたコウは、男性が淹れてくれたコーヒーを受け取り、礼を言う。

「ごめんなさいね、いきなりこんなことを言って……」

女性がそう切り出して、コウが説明を求めてもいないのに、今回、イルミナシティへの訪問は仕事ではなく、夫婦が迎えられるかもしれない養子候補との面会なのだと話し始めた。

二人は好き合って結婚し、子供を望んだが、遺伝子レベルで相性が合わないと診断され、不妊だという検査結果が出た。事実、不妊治療も行ったが、どれも功を奏さなかった。幸いにも夫婦は実家ともども金銭的に余裕がある。ならばせめて富の分配とでもいうのか、養子をとって自分の子のように育てたいと夫婦で考えた。

公的機関のお墨付きもあり、家柄もしっかりしているから、サティーヌやアンリ、役所の選んだミホシの養親候補に選出されたのだろうとコウは推測した。

夫婦は、これからじっくり時間をかけてミホシと親交を深めていくためにイルミナシティに長期滞在予定なのだそうだ。

この夫婦とミホシの間に面会予定はあっただろうか……。今月と来月のスケジュールを頭のなかで思い出していると、十二月半ばのクリスマスパーティーが該当した。あのパーティーには、この二人のほかに三組の養親候補が出席予定だ。

「最初、君に依頼するにあたり、僕たち夫婦はアパレル関係の会社を経営をしていると説明したけれど、それは趣味でやっている会社で、収入の大半は親族経営の会社から頂戴する役員報酬です」

「ごめんなさいね、急にたくさん話して。あなたは友人に紹介してもらった方だし、信頼できる方のようだから、きちんとしておきたいの」

「どなたからの紹介ですか？」

コウはあまり富裕層の顧客を持っていない。

「……えぇと」

「正確には、友人の知人から紹介していただいたんだ。その方も高名な方で、ご家名を出すのは憚《はばか》られるので、そこは控えさせてもらえるかな？　でも、昔、調達屋の君に世話になったと言っていました。猩々の仲介屋さんも同じ方からの紹介です」

「そうですか……」

「私たち、この街に滞在している間はあなたのお世話になることがたくさんあると思うの。もちろん、きちんと費用はお支払いするわ。でも、その前に、互いの信頼関係というのが必要でしょう？　だからすべて正直にお話することにしたの」

「こんな理由だから、自分たち名義のカードも小切手も切れないし、携帯電話やＰＣでエアチケットやレンタカー、宿泊先の手配をしてもＶＩＰからの申し込みだとバレて気を遣われてしまう。そこから養子縁組のことが露見するかもしれない。だから、イルミナシティまでの移動手段と宿泊施設の調達を依頼したんだ」

「我々のような立場の者は、犯罪者のように常に見張られています。どこから情報が漏れるかも分かりませんから、用心に用心を重ねているのです」

「……それならば納得できます」

ウェイデもきっと同じような苦労をしたのだろう。

「もし、パパラッチに養子の件が知られてしまったら……、もし養子候補の子供が彼らに撮影されたりしたら気の毒です。まだ私たちの家族になるかどうかも分からないのに、世間にその容姿が広まってしまう。人外の子だと聞いているし、大変貴重な存在です。私たちが原因で犯罪組織に目をつけられて誘拐されたりしたらと思うと申し訳ない」

「一族にも内緒です。パパラッチや新聞記者、実家関連の商売敵の調査を回避するために、アパレルのほうの仕事と休暇だと理由をつけて、内密にこちらへ訪問しています。どうか、このお話はここだけ。他言無用で」

「はい。守秘義務は順守します」

「足がつかないよう、面倒かもしれませんが支払いは現金でお願いします」

「もちろん」

コウはひとまず夫婦の言い分を聞き入れ、頷いた。

事実関係はこれから調査すればいい。忙しくなりそうだと思った。

＊

夫婦と別れたあと、夫婦の説明の裏付けをとるためにバイクを走らせた。

コウは国立図書館へ向かい、新聞や週刊誌、ネット記事を漁《あさ》り、あの夫婦がパーティーなどに出席している写真がないか探した。見つかるには見つかったが、解像度が悪く、本人確認には向いていなかった。

あの夫婦にコウを紹介したという知人を探すべく、猩々の獣人に会いに行き、あの夫婦の友人や知人について尋ねたが、「いやぁ……あの夫婦が俺のところへ連絡してきた時は、特に誰かの紹介だって言葉はなかったなぁ」という頼りない返事しか得られなかった。

その後、あの夫婦が経営しているアパレル会社の実態を調査し、公開されている会社情報や経営状態を確認したが、目立った粗は見つからなかった。ただ、そちらから夫婦の顔が大きく写った写真を手に入れられた。大晦日《おおみそか》のパーティーの写真だ。

モリルに連絡を取り、口が堅くて優秀な整形外科医と法人類学者の情報をもらうと、その人物に、タブレットの夫婦の写真と大晦日のパーティーの写真を送り、同一人物かどうか骨格判断してもらう依頼を出した。

結局、その日は朝まで走り回った。途中、雪に降られて散々だったが、早朝、自宅の裏口にバイクを停めて、裏門を潜《くぐ》った。ついつい、これまでの習慣で、表門ではなく裏門から家に入ってしまった。ウェイデにも「いい加減、表から入ってこい」と言われているのに、未《いま》だに裏から入ってしまう。

「はー……寒い……いや、今日は寒いわりに空気はあったかいな……」

ひとまず、駐車場ではなく、裏門を入ってすぐのところにバイクを移動させる。

いつもなら駐車場に回るのに、今日はそっちに行くのが面倒でバイクをそこに置いたまま、五年の生活で染みついた習慣で無意識のうちに離れの庭の井戸まで歩き、いつものように顔を洗った。

ミホシは昨日の朝から託児所にいて、お泊まり保育だ。昨日は昨日で「いきたくない～」とゴネてゴネてゴネまくっていたから、顔を洗って服だけ着替えたら、一刻も早く迎えに行ってやらないと可哀想だ。

夜の湿気と雪のせいで全体的にジャケットが重く、じっとりしている。髪も冷たいし、頬はなんだか熱い。冷えた井戸水は表面に氷が張るほど冷たくて、目が醒めた。

「はー……」

井戸の縁に両手を置いて、目を閉じ、溜め息交じりの深呼吸をする。目覚まし代わりにもう一度水を汲《く》もうとして、釣瓶落《つるべお》としの縄に手をかけた。

コウが覚えているのは、そこまでだ。

次に目を醒ました時は、ベッドの上だった。

異様なほど暖かくされた室内で、ふと窓際を見やるとウェイデが険しい顔をしていた。

「庭で拾った」

ウェイデが短くそう言った。

ウェイデは、熱を出して倒れていたコウを庭先で見つけた。コウが帰宅する前から、バイタルデータの体温が徐々に上がっていることに気づいていて、何度かコウに連絡をしたが応答はなかった。コウを迎えに車を出したが、入れ違いになってしまい、ウェイデが慌てて引き返して庭で拾った。

「……ミホシは？」

「ロクサーヌが届けてくれた。いまは自分の部屋で寝ている」

「迎えに行ってやらなかったから……怒ってました？」

「いいや。お前が熱を出したと言ったら、サティーヌみたいに死んじゃう？　と泣いて、泣き疲れて眠った」

「そっか……、あとで謝ります」

「お前が悪いわけではないが、早く元気な顔を見せてやれ」

「ウェイデにも迷惑かけてすみません」

「五年ぶりの発熱だ。迷惑などない」

普段からコウは手がかからない。ウェイデが手をかけて、目をかけて、あれこれと世話を焼きたいのに、なにひとつして焼かせてもらえない。

「もう熱下がってますかね……？」

「ちょっと待て」

ウェイデは自分の携帯電話を確認して、「まだ微熱だ」と伝える。

「ちょっと待って……俺、いま、携帯電話も持ってないし、Tシャツとスウェットなのにどうやって体温測ったんですか？」

「…………」

「俺に内緒でどっかにシートくっつけました？　ものっすごい高級で薄いタイプのやつ」

「…………」

「もー……、どんだけ心配性だよ……。ていうか、そもそも、いつからですか……」

「最近……」

「…………まぁいいや、そういうことにしときます」

「怒らないのか？」

「だって結局そのおかげでこうして助かってますから」

「だが、こういうものは、お前と離れている時は安心材料になるが、傍にいる時は無粋な代物でしかない」

「……？」

「こうしてお前に直《じか》に触れて熱を探る機会を失ってしまった」

「…………」

コウの首筋にウェイデの掌《てのひら》が触れて、鼻先が、ちょん、と額に触れる。その口吻《こうふん》がこめかみから耳の付け根を滑り、首のあたりに潜り込み、鼻先をすり寄せて熱の有無を探る。

可愛い仕草と唐突な接触に、コウは、風邪《かぜ》の熱ではない、ふわふわとした心地好い微熱にとろかされて、知らずのうちに頬をゆるめてしまう。

「食欲があるなら、なにか腹に入れておけ」

「食欲はないです。……それより微熱まで下がってるならもう動けます」

「どこへ行くつもりだ」

「ちょっと仕事で気になることがあって……」

「なら、俺が手伝う。お前はここから俺に指示を出せ」

「いくらですか？」

「……なんだ？」

「だから、ウェイデを一日雇う日当です。言い値を払います」

「……コウ」

額に手を当て、ウェイデは呆《あき》れ果てたような困った顔をする。

「貸し借りはしません。それが金銭でなくとも。俺はそういう主義で生きています」

「いま、主義主張を論じている場合ではない」

「こういうのは最初にはっきりきっちりしておかないと」

「分かった。なら、あとで一括で請求させてもらう」

「先払いです。ウェイデはあとでなぁなぁにして受け取ってくれませんから」

「コウ、今回のこれは俺の親切心だ。素直に受け取れ」

「お断りします」

「頼む」

「いやです」

「今回ばかりは引き下がらない」

「勝手に俺の仕事に首突っ込んでこないでください。アンタは関係ない」

「なら、勝手にお前に協力させてもらう」

「どうぞご勝手に。俺は俺で勝手にしますから。……っ!?」

ベッドを出ようとした瞬間、ウェイデに押し倒された。

大きな口を開いて、獅子の牙《きば》でコウのうなじを噛み、喉《のど》を低く鳴らし、肉食獣の獰猛《どうもう》さを隠しもせず威嚇《いかく》する。

まさかウェイデに力業でこられる日がくるとは想像すらしていなかったし、コウはそんなことすら想像しないほどウェイデを信頼していた自分にも驚いた。

「ウェイデ……？」

ベッドに片膝を乗り上げた中途半端な体勢なのに、ウェイデはびくともしない。

組み敷かれたコウは、微動だにできない体を寝床に縫いつけられたまま、怖い顔をしているウェイデをぼんやりと見つめた。

怖い顔をしているのに、悲しい顔だった。

好きな人にこんな顔をさせて申し訳ないと思った。

なんで今回に限って引いてくれないのだろう？　コウに譲ってくれないのだろう？　なぜ今日は特に押しが強いのだろう？　いろんな疑問が脳裏を巡る。

「……庭で倒れているお前をもう二度と見たくない」

「ああ……」

まぁ、それもそうか。

ウェイデはコウを好ましく思ってくれている。好きな子が庭先で行き倒れていたら、それは確かにいい気はしないだろうし、生きた心地がしないだろう。

コウだって、倒れているウェイデを見つけたら、きっと救急車を呼んでしまうし、心配で心配でどうにかなってしまいそうになる。

「お前を束縛する権利は俺にないからと、お前が倒れるほど頑張っても……」

「見守ってたんですよね？」

「……間違いだった。こうして、力ずくで止めるべきだった」

この腕に抱いて、囲って、逃がさず、永遠にずっと自分の檻《おり》に閉じ込めるべきだった。

ウェイデはコウの肩を摑む手指に力が入りそうになるのを必死に堪える。

「でも、そうしなかったのは、俺が可愛いからですよね？」

「………そうだ」

可愛い可愛いコウ。愛《いと》しい仔犬。

ずっと檻の中に閉じ込めているよりも、外に出て、汗水たらして働いて、好きなことをして、好きなものを食べて、自由に走り回って、いつも誰かの必要ななにかを調達して、運んで、依頼人を幸せにしようと懸命に生きている。

ウェイデは、そんな頑張り屋のコウが好きなのだ。

なんでもかんでもぜんぶ自分が世話をしてやりたいウェイデの愛し方では、コウの美徳を潰してしまうのだ。

「頑張っていままで自制してくれてたんですよね？」

「……ああ」

「じゃあ、もう俺のことは諦《あきら》めてください」

「…………」

「俺の両親は金貸しやってて、貸した奴に逆恨みされて殺されたんです。弟も一緒に。家は放火されて、なんにも残らなかった。だから、俺は金貸しとは恋人にならないし、結婚もしないし、つがいにもならないし、仕事上のパートナーにもならないし、恋もしないし愛さない」

いままでひた隠しにしてきた真実を伝える。

これを言えば二人の関係は確実に終わりを迎える。

そう考えると、よくもまぁ五年近く引っ張ったなぁ……往生際が悪いなぁ……。俺もほんとにタチ悪いよな。早くこれを言っておけばウェイデにも気を持たせずに済んだのに……。それだけ諦められなかったんだろうな……俺が、ウェイデを……。

それにしても、ウェイデを諦めるのに五年かぁ……。

そんなことを考えて、内心、自嘲《じちょう》する。

「お前が俺を愛さずとも、恋人にならずとも、支え合う関係にはなれる」

「それって、友人とか、家族とか、そういうのですか？」

「そういう場合もある」

「俺たちは絶対に家族にならない」

往生際悪くウェイデが妥協案を出してくる。

この男の、こういう粘り強さに救われて、五年間片思いし続けられた。

お互いの想いを分かりきった両片思いだったけど、幸せだった。

そう、コウは幸せだった。

不運ばっかりの人生だけど、ウェイデに恋できたことは、幸せだった。

「俺とアンタは、家族になれない」

「……こーくん、……ウェイデ？」

コウとウェイデの言い合いが聞こえたのか、ミホシが目を醒ましたらしく、戸口から顔を覗かせた。

「ミホシ、起きたのか」

ミホシの出現で、ウェイデがコウの上から退《ど》く。

コウは、自由になった腕にウェイデの手形の痣《あざ》が残っているのを服の袖で隠しながら、体を起こしてミホシのほうを向いた。

「みほしと、ウェイデと、こーくんは……かぞくになれないの？」

ミホシはベッド際まで歩いてきて二人に問いかける。

「なんでこの三人で家族になるっていう考えになったのか俺には分かんないけど、ミホシの家族は俺たちじゃないよ。大丈夫、ミホシにはちゃんとした家族を見つけるから。安心しろ」

「ちゃんとしたかぞく……」

「そう、ちゃんとした家族」

「こーくんと、ウェイデと、みほし……の、さんにんかぞく……」

「この三人で家族になるのは、ちょっと違うかな」

「この三人は、ちがうの？」

「うん」

「こーくんとウェイデは、ミホシのかぞくになれなくて……ふたりとも、ミホシのおとうさんにはなれないの？」

「なれない」

調達屋と金貸しで、しかも、こんな歪《いびつ》な関係だ。

その関係も、ついいましがた破綻《はたん》したばかりだ。

到底、人ひとりの人生を背負えるような立派でちゃんとしたまっとうな家族にはなれない。

「…………」

ミホシは分かりやすいほど耳と尻尾を項垂《うなだ》れさせ、ゆっくりと二人に背を向けると、とぼとぼと去っていった。

コウはベッドを下りてミホシを追った。途中、膝から力が抜けて転びそうになると、ウェイデが手を貸してくれた。だが、その手を借りたところで返すアテがないので助けを断り、一人で歩いてミホシのもとへ向かった。

改めてコウは「ミホシが一番幸せになるためにちゃんとするから。俺やウェイデとは家族にはなれないけど、もう家族みたいなものだし、いつまでもずっと見守ってるし、一生会えなくなるわけじゃないから」と諭したが、その言葉がミホシの心に届いた様子はなかった。

翌日、ミホシはウェイデに「アンリに電話をかけて」と頼んだ。

「もしもし？　にゃんこのおじちゃん？　ミホシ、おとうさんとおかあさんになってくれる人と会います……」

いままであんなに頑なだったのに、ミホシが急に意見を変えた。

アンリが「そんなに急がなくても、ゆっくりでいいんだよ」と優しく諭したが、ミホシは「うん。もうゆっくりしたの。あのね、ミホシ、こーくんのにこにこ笑顔になるお庭はもう見たから……もういいです……」と答えたらしい。

そのうえ、ミホシはウェイデの家を出て、ロクサーヌのところで暮らすと言い出した。コウとウェイデの家にいると食事も摂《と》らなくなったから、ひとまずアンリが迎えに来て、ロクサーヌの託児所へ連れていくことになった。

「ミホシ、本当はどうしたいんだい？」

「おとうさんとおかあさんが欲しいです」

ミホシはアンリの問いかけに泣いた。

これから幸せになるはずなのに、ミホシはちっとも幸せに見えなかった。

でも、コウの傍にいるよりもずっと未来があると思った。

＊

ミホシがロクサーヌの託児所へ行って三日が経った。

ウェイデの聞くところによると、コウは毎日様子を見に行っているが、ひと言も口を利いてもらえないらしい。

ミホシは「もう家族はいらない……ずっとここにいる……たくじしょに置いて……おっきくなったら、ここで働くから……」と夜中に泣いたり、朝になれば、「わがまま言ってごめんなさい。ちゃんと家族のところに行きます」と唇を嚙みしめたり、意見がころころ変わるらしい。

その不憫《ふびん》な様子を見ている大人たちまで涙を誘われるような憔悴《しょうすい》ぶりだそうだ。

アンリやロクサーヌはミホシの意に添うかたちで結末を迎えられるよう奮闘しているが、コウはミホシの言葉に「大きくなったら託児所で働くのもいいし、家族を見つけたらその人たちと住むのもいいな。どっちも素敵だな」と当初の姿勢を崩さずにいる。決して、「じゃあミホシの望みどおりに俺が家族になるよ」と無責任に言ったりしない。

現実問題として、二十三歳のコウが四歳のミホシを引き取ったとして、コウの思い描くようなちゃんとした家族や生活、教育と躾をミホシに与えることは困難だろう。

ウェイデは協力を惜しまないつもりだが、コウがそれを許さないのもまた明白だ。

なぜ、そこまで頑なのか……。

ウェイデは、コウの過去を調べた。

コウが自分の過去や家族について口にしたのを機に、その詳細を知るために動いた。

コウの一家は、父親と母親、コウと四歳になったばかりの弟の四人家族だった。

コウの両親は金貸しをしていた。

死人の悪口を言うつもりはないが、父母そろってあくどいことをしていたらしい。だが、それは金貸しの平均的なあくどさで、この世の悪をすべて煮詰めたような悪というほどではなかった。

両親は、兄のコウと弟をさほど可愛がってはいなかったが、体に傷が残るような虐待はなかったし、衣食住と教育、法で決められた子供の安全確保には最低限の金銭を出していた。金貸しという商売柄、子供関連で問題を起こして行政に目をつけられたくなかったのだろう。高金利で儲《もう》けた金は、どうやら二人してバカラに注《つ》ぎ込んでいたらしい。

コウが十歳の時、強引な取り立ての末、利息すら返せなくなった債務者が逆上して、コウたちの暮らす自宅に押し入った。コウの両親が自宅に帰るのを尾行していたらしい。債務者をそこまで詰めるのは金貸しとして二流三流のすることだが、その債務者が薬物中毒者だったことが災いした。

犯人は、小雨の降る深夜に家に押し入り、まず両親を殺害、両親のベッドの傍にあったチャイルドモニターで、ベッドに眠る弟を見つけて殺害、一人部屋で眠っていたコウの存在には気づかず、家に放火して逃げた。

コウだけは窓から飛び降りて庭に落ち、助かった。

季節的に空気が乾燥する冬だったということもあって、小雨が大雨に代わっても火の勢いは衰えず、なにもかもすっかり焼け落ちた。

その後、犯人は警察に追い詰められて自殺した。

親戚《しんせき》のいなかったコウはサティーヌの孤児院へ入り、十八歳までそこで暮らした。

コウは、火事のせいで深刻なトラウマになることはなく、火を見ただけで取り乱したり、泣いて叫ぶといったこともなかったそうだ。ただ、コンロやライターの火といったものが苦手で、自分から火を使った料理は一切しないし、火元にも近寄らない。一瞬ではあるが、ウェイデが火を使ってホットケーキを焼いている時に、分かりやすいほど怯《ひる》んでいた。

おそらく、事前に「台所だから火を使ってるかもしれない」とか「BBQだからちょっとした火を使う」とか自分に言い聞かせて覚悟しておけばこわくないのだろうが、突発的に火を見ると怯むのだろう。

そう考えると、コウがこの家の離れで暮らし始めた頃に、「ここ、静かでいいですね。消防車とかパトカーのサイレンの音が聞こえない」と喜んでいたことを思い出す。

ウェイデが防犯カメラを増やしたり、警備会社の契約を結び直して警備を強化したと伝えた時も、「心強いですね。嬉しいです。夜、安心して眠れる」と全面的に大歓迎の姿勢だった。

コウは一所懸命まっすぐ真面目に働いて生きているのに、貯金は自分の葬式代と遺品の片づけ代だけあればいいという考えで、多くを持とうとしない。すこしでも多めの金銭を稼ぐことができれば、孤児院に食料や生活用品を買って差し入れたり、あちこちに寄付したりしていた。

物欲が薄く、離れの部屋にはほとんど物がなく、五年前、離れに引っ越して間もない頃に、「足りない物があったら母屋からなんでも持っていけ」とウェイデが声をかけた時、「この家、いろんなものがいっぱいで怖くないですか？　火事で燃えたり、泥棒が家に入って盗まれたりしたら、大事な物ぜんぶなくなっちゃいますし、こわいです」とコウがぽつりと吐露したことも覚えている。

その時のウェイデは「なくなったらまた一からそろえていけばいい」と答えた記憶があるし、コウはそれに対して「でも、失ったらもう二度と戻ってこないものもあります。そういう時はどうするんですか？」とさらに問いかけてきたから、「二度と手に入らない大事なものを失う時は俺も一緒に死ぬ」と答えにならない答えを返した記憶がある。

その時のコウは、「孤児院には、独りぼっちの子供がいっぱいいるんです。そういう子が一人でも減って、なんというか、……お星さまみたいに誰かの一番星になって、大事に大事にしてもらえたらいいな……って思います。……すいません、変なこと言いました」と苦笑していた。

コウは、苦手や恐怖心を無理やり腹の底に押し込んで、心の奥に封じ込めて、一人ですべて克服して生きてきた。

時折コウがウェイデに見せてくれるその悲しみの片鱗《へんりん》を見逃さず、流れ星のように知らず知らずのうちに落ちて消えるコウの心の欠片《かけら》を見逃さず、断片でしかなかった星の欠片のようなパーツをひとつひとつ集めて合わせていけば、コウという人間の過去や心が見えてくる。

ウェイデは、それを蔑《ないがし》ろにせず、大切に触れたいと思った。

「お前の過去を調べた」

託児所から帰ってきたコウに、正直にそう話した。

コウは嫌がるだろうか、怒るだろうか。それとも「ウェイデって……ほんと、俺のことになるとなんでも知ってないと落ち着かないんですね」と笑うだろうか。もしかしたら、「アンタのそういうとこほんとに気持ち悪い。アンタとは恋人にも家族にも仕事のパートナーにもならないって言ってんのにまだそういうことするのか？」と突き放されるだろうか……。いろいろと想像したが、コウの反応はウェイデのどの想像とも違った。

「そこまで俺のこと心配してくれてるんですね。なんか、申し訳ないです。ごめんなさい、逆にいままで話さないで」

コウは下足場で靴を脱ぎながら、さらりとウェイデの偏愛を受け入れた。

受け流したのかもしれないと一瞬だけウェイデは思ったが、違った。

コウは、ウェイデの前に立ち、初めて自分から甘えてくれた。

家族について調べた、というウェイデの言葉が引き金だろう。独りでは耐えきれず、本人も知らずのうちに弱音が漏れ出て、限界を迎えた心の叫びが口をついて出た。

「……俺、もう、どうしたらいいか分かんないです」

「コウ……」

「ミホシに、っ……どうしてあげるのが一番なのか、分からなくなってきて……」

泣きそうな顔で、爪が白くなるまで拳を握り、自分の無力に憤った。

自分の力ではミホシを幸せにしてあげられなくて、ミホシが幸せになる家族を見つけてあげられなくて、無力な自分に腹が立って、悔しくて悔しくて仕方なかった。

「ミホシと話はできたか？」

「…………」

ウェイデの問いに、コウは首を横にする。

「時間が解決する時もある。急ぐな。お前も病み上がりだ。体が不調だと心も不調になる。

心が不調だと体に不調が出ることもある。休め」

「……休み方、が……っ、分かんない……」

ずっと走ってきた。

サティーヌが亡くなってからも、悲しいことじゃなくて、いま生きていて助けが必要な人のことを考えて生きてきた。

「……みほし、っ……なんにも悪くないのに、俺がしっかりしてないから……っ、まだ、小さいのに、悲しい顔ばっかで……、弟と同じ歳《とし》なのに、まだ四歳なのに……、俺じゃあ救えない」

「……っ」

その言葉で、ウェイデは弾《はじ》かれるようにコウを抱きしめていた。

抱きしめなくてはいけないと思った。

きつく腕の内側に閉じ込め、鬣が涙で濡《ぬ》れるのを感じ、熱っぽい吐息とともにコウが背中を震わせるのをすこしでも自分が引き受けられるように、コウの体を抱きしめて、一人で立つことすら危うい生き物のすべてを受け止めた。

「親は、自業自得なんだけど……、お、っ、おとうと、は……なんも悪くないじゃんか……、まだ、四つだし……、親のせいで、子供が不幸になるとか、っ……ましてや、死んじゃうとか、ありえないじゃんか……」

それでもまだコウは強がって、泣き声のくせに笑い飛ばそうとする。

いままでも一人でそうしてきたように、ちょっとずつ腹の底に押し込めて、心の奥に封じ込めて、「どうしようもないことを嘆いても取り返しはつかない。しょうがない、俺は不運なんだ。でも、殺された弟はもっと不運なんだ。だから俺が悲しんだり、嘆いたり、苦しんだりしたら申し訳ない。俺は生きてるんだから」と自分に言い聞かせた。

「それはサバイバーズギルドで、ポリアナ症候群だ」

「……それ、孤児院に入ったばっかりの時の、……っ、カウンセリングの先生にも言われた……けど、でも、真実じゃんか。俺は、弟のこと助けられなくて、自分だけ逃げて……、いまも、こうやって苦しんでたらウェイデが抱きしめてくれて、助けようとしてくれる」

「申し訳ないと思わなくていい。お前は生きてるんだ。生きてるお前も救われるべきだ。俺の手を取るべきだ」

「……やだよ……いやだ、……っ、おれ、助けてもらったら……、そこから、どうやって生きていったらいいか……わかんない……」

十歳からの十三年間、こうやって生きてきた。

いまさら、生き方は変えられない。

「だから、ミホシとも家族になれないと言うんだな？」

「……だ、って……俺のせいで、ミホシに、なんかあったら……っ」

生まれつき運が悪いのに、そんな奴と家族になったらミホシが不幸になる。

犯罪には手を染めてないつもりだけど、調達屋だって、どこで誰に逆恨みされているかなんて分からない。もし、ミホシと一緒に暮らし始めたとして、薬物中毒の放火殺人犯が現れたら……。

幸せになるべき子が、わざわざ不運な自分のところに来て、不幸せになる必要はない。

「かぞく……いなくなるの、こわい……」

この恐怖は、まだ乗り越えられない。

きっと、一生、乗り越えられない。

ずっとコウについて回る。

「乗り越えずとも、共存するという道もある」

「……ひとりじゃ、むり……」

「お前を一人にしない。俺も一緒にその道を歩むから」

コウは人一倍家族に執着が強いのだ。

家族を作ることに憧《あこが》れているけれど、家族を持てば家族を失くす悲しみも味わわないといけない。家族を得ることの幸せよりも家族を失くす悲しみのほうが大きいから、家族は持たないと決めている。

コウもまだずっと十三年前の孤児のままだ。

一人で生きていく術《すべ》を身につけた、孤独な子供。一度に庇護《ひご》者を失い、可愛い弟も失った、小さな仔犬。あの雨の夜に置いてきぼりにされて、取り残されて、ずっとそこで泣いている。

ウェイデへの気持ちも、互いに思い合っていると認めたくても認められないのも、コウのなかで過去があまりにも深く根づいて、もう自分の一部になってしまっているからだ。

自分の根本の一部を変えてしまうほどの恋や愛をすることに怯《おび》えている。

「家族になったら、ウェイデも、死んじゃう……」

「死なない」

己の言葉がどれほどコウの心に届くかは分からないが、ウェイデは、自分の言葉を裏付けるように力強くコウを抱きしめた。

＊

忙しい毎日を送っていると、いつの間にか月が替わって十二月に入っていることにも気づかない。

月初、アンリから「今月のクリスマス会には出られるのか？」という連絡をもらってようやくコウは「もうそんな時期か……」と思い出す始末だった。

クリスマスの会場はサティーヌの孤児院だ。

サティーヌが亡くなって二ヵ月と経っていない。今年は準備もままならず中止にしようかという話も出たが、賑《にぎ》やかなことが好きで、クリスマスは毎年張り切っていたサティーヌを偲《しの》ぶためにも集まろうという者が中心となって準備を始めた。

飲食料品の買い出しと調理担当、資材の搬入と搬出、招待状の作成と発送、孤児院と庭の掃除と飾りつけ、サンタ役にトナカイ役、未成年の子供たちへのプレゼントの調達役、経理担当……等々、各々が役割分担をした。

コウは知らなかったが、経理によると、ウェイデは毎年イベントごとにけっこうな額の寄付をしてくれていたらしい。そういうところがウェイデらしいというか、自分の手柄を殊更にひけらかさない寡黙な慎《つつ》ましさが好きだった。

これ以上好きにならさないでくれと思うほどに、好きだった。

毎年、コウも調達屋としてモミの木を調達したり、ツリー飾りやリース、クラッカー、などのパーティーグッズやプレゼントの手配をしていた。当然のこと、今年の分もサティーヌが生きていた頃から手配してある。

孤児院の庭にモミの木を搬入して、業者に設営してもらうには半日以上かかる。そんなことも忘れていた。携帯電話でスケジュールを確認すると、幸いにも、アンリから電話をもらった二日後が搬入立ち会い日で胸を撫で下ろした。

それから二週間後、予定どおり、クリスマス本番よりすこし早いクリスマスパーティーが開かれた。

孤児院では、季節ごとのイベントに大勢の人を招待している。孤児院で暮らす子供たちはもちろんのこと、里親や養親に引き取られていった子供たち、成人して巣立っていた者たちやその家族、友人、さらには近所の人だ。時節ごとのパーティーには、孤児院を巣立った子供たちが健康に幸せに大事にされているかを確認する意味合いもある。

このパーティーには、ミホシの養親候補が出席予定だった。いまのところ、先日の富豪夫婦の背後関係に怪しいところはなく、その夫婦と、ほかにも三組が参加している。

今日のパーティーでいきなり養親候補だと名乗ることはない。同じ空間で過ごし、パーティーを愉《たの》しみ、養親候補にそれとなくミホシの様子を見てもらうことが目的だった。

偶発的な状況を装って、……たとえば、キッチンで飲み物を渡すとか、クリスマスのクラッカーを鳴らす時に隣に立つとか、庭でクリスマスツリーのイルミネーションを点灯する時に一緒に見る、などで会話のきっかけを作り、それぞれの養親候補と三分から五分ほど過ごす時間を作ってあった。

毎年、クリスマスにはたくさんの人が訪れて、たくさんの人がクリスマスの挨拶をするから、自然なかたちで初めての人とも挨拶ができる機会だ。

大人たちが練りに練った作戦のとおり、ミホシは、初めて会う人にも、なんとなく覚えている人にも、親しい人にも、笑顔で挨拶をしていた。

コウが挨拶をした時だけは、ミホシは最初こそ拗《す》ねた顔をした。

「ミホシ、お願いがある。ハグさせて。俺はクリスマスにお前をハグできないのは悲しい。俺にミホシのハグっていうクリスマスプレゼントちょうだい」

コウが床に膝をつき、勇気を出して両手を広げると、ミホシは、おずおず、ちょっとずつ、じわじわ近づいてきて、「……かぞくになれなくても、みほし、こーくんのことすき」とコウの胸にすっぽり収まってくれた。

「うん。俺もミホシのことだいすき」

冬毛のふかふかの狐耳に鼻先を埋めて、コウはミホシを強く抱きしめた。

コウの背中を押してくれたのはウェイデだ。ミホシにどう話しかけるか迷っていた時に「お前は真面目で素直で正直なところが美点だ。正直な気持ちを話すといい」と教えてくれた。

背後でミホシとの仲直りを見守ってくれていたウェイデを振り返ると、穏やかな顔で微笑みかけてくれたから、コウは「ありがとう」とウェイデに礼を述べた。

ウェイデはまるで我が事のように喜び、尻尾をご機嫌に揺らすことで返事をくれた。

「お前たちは一番の仲良しだな」

「みほしちゃん、今日一番の笑顔よ」

「ツリーのてっぺんのお星さまみたいにキラキラで、にこにこね」

パーティーの間中ずっとコウがミホシを抱いて歩いていたら、アンリやロクサーヌ、いろんな人からそういった優しい言葉をもらった。

その日、ミホシはコウにべったりくっついていたが、コウがトイレへ行ったり、クリスマスツリーのイルミネーション点灯の確認作業をする間に、それぞれの養親候補とすこしずつ会話をしていた。

ミホシはロクサーヌやアンリといった大人たちに見守られ、いろんな人と交流しながら、

「クリスマスケーキのいちご、食べられるかな？」と無邪気に笑っていた。

「そろそろイルミネーション点灯式だよ～！」

ツリー設営組の一人が、邸内のみんなに声をかける。

各々が上着やストールを羽織り、ホットワインやラムやウィスキーを手に、子供たちはマフラーと手袋と帽子を着せてもらって、甘いココアやミルクを手に庭へ出てくる。

奥さんと三人の娘を伴ったアンリの手にはオーバル型の小さな写真立てがあった。

サティーヌの写真だ。

「……コウ、電話鳴ってるぞ」

「うん？　あ、ほんとだ。ありがと」

孤児院仲間に声をかけられて、コウはズボンのポケットから携帯電話を取り出す。

モリルからの着信だ。

『もしもし～？　モリルちゃんよ～』

「こんばんは、モリルさん」

『あら、今日は声がご機嫌ね。それに、いま、お外かしら？　都合悪いなら改めるけど、この情報は早めのほうがいいと思うから、大丈夫そうならこのまま聞いてちょうだい』

「はい。すみません、ちょっと周りが賑やかなんで静かなところに移動します」

『はいは～い。……それでね、先日預かった男女の写真の件なんだけど……』

モリルから紹介してもらった整形外科医と法人類学者に、富豪の養親候補が本物なのかどうかの鑑定を依頼していたのだが、その回答が送られてきたらしい。

結論としては「偽者の可能性も否定できない」というものだった。

富豪夫婦とコウの送った写真の夫婦は大変よく似ているが、骨格レベルで整形している形跡も否めない。もし、彼らが人外だったとすれば、人間に化けることができるし、著名な人物の顔を真似《まね》て変化することも可能で、その可能性がないとも言い切れない。

『まぁ、整形にしろ、人外の変化だったにしろ、この人物の本来の顔？　ベースになっている顔っていうのがあるらしいのね。それは必ずどこかしらに痕跡《こんせき》が残るらしいわ。いずれにせよ、写真一枚では資料が乏しく、実物を見て触れて確認してみないことには断言できないが違和感は覚える、ってことだそうよ』

「なるほど……」

『あの二人組が何者なのか追調査する？　もうちょっと粘ったら判明するわよ。私もどこかで見たことあるのよね、あの写真……、いつだったかしら……。わりと顔を覚えるのは得意だから記憶に間違いはないはずなんだけど……』

「あの二人、アパレル系の会社を経営してて、女性が買い付け、男性がデザインの仕事をしてるらしいんですが……モリルさん、服飾関係好きだからそっちの可能性は？」

顧客情報は漏らすべきではないが、背に腹は代えられない。

コウも「この人たち、見覚えあるんだよなぁ」という違和感を抱いていたからだ。

『服飾ねぇ……。いえ、違うわ。アタシの知り合いに子供相手の護衛業やってる二人組がいるんだけど、その二人組が持ってた要注意人物の資料で見たんだわ』

モリルのその言葉で、コウも一気に記憶が蘇った。

「思い出した……。あの二人、調達屋の仕事で見覚えがあるんじゃなくて、孤児院の注意喚起資料で見たんだ……」

あの二人は、子供の誘拐を専門とする誘拐屋のモンタージュに似ている。

モリルに「追加調査お願いします。その誘拐犯の口座情報ぜんぶ洗ってください。大急ぎで。分かった範囲からぜんぶデータ送ってください。お金はあとで……すみません、あとで必ず払います！」と、いままで絶対に先払いしていた代金を、ネットバンクに送金するその数秒の時間を惜しむあまり、モリルに詫びながら通話を切った。

「コウ」

コウを探しに来たウェイデが呼び止めた。

ミホシに、「こーくんは忙しい？　ミホシ、こーくんといっしょにクリスマスのキラキラを見たい」と乞《こ》われ、コウを探しにきたらしい。

「ウェイデ！　ミホシは？」

「すぐそこに……」

ウェイデが答えかけた瞬間、通電されたクリスマスツリーのイルミネーションがほんの一瞬だけ光った。庭に出ていたみんなの視線がそちらに集まり、歓声が上がる。

「ごめん！　いまの忘れて！　スイッチ入れちゃった！　いまのテスト点灯だから！　本番はこれから！」

設営組の一人が大声で詫びる。

そこかしこで笑い声が漏れて、「大丈夫だよ～忘れる～」と声をかけたり、子供たちからは「まだー？」「ぴかぴか早く～！」と愛らしい声で急かされている。

再び訪れた闇《やみ》に慣れるまで、庭のあちこちで、虎や狼、そして獅子の獣人であるウェイデの瞳が夜空の星のように瞬き、イルミネーションのようにきらきらして、蛍のように明滅する。

「コウ、ミホシがいない」

「……っ」

ウェイデの言葉で、冷たい空気を吸ったコウの肺が、ひゅっ……と鳴る。

ほんの数秒、誰しもの意識がクリスマスツリーに向いた瞬間、ミホシとあの夫婦が消えた。

＊

ミホシが誘拐された。

あの夫婦が犯人だ。

誘拐犯の手口は、夫婦を装って養子にもらった子を海外に連れ出し、売る。それだけだ。孤児を大量に仕入れて大量に売り捌《さば》くタイプではなく、顧客の依頼を受けてニーズにぴったりの商品を全国各地から探し出し、時間と手間暇と金銭を惜しまず、時には顔や体をいじることすら惜しまず、必ず必要な商品を仕入れて、高額で顧客に売り払うタイプの人身売買を営んでいる。

コウは、アンリにだけ状況を説明して警察各所への通報を頼むと、夫婦を追った。

無計画に追いかけるのではなく、夫婦が車を停めていた駐車場に移動し、タイヤ痕《こん》を探り、ウェイデは獣の狩猟本能を使って匂いを追跡してくれた。

バイクで追いかけようとするのを引き止められたコウはウェイデの車に乗せられ、ウェイデが車を走らせた。

コウは、助手席でモリルからの追加報告を待った。

間もなく、モリルから二人組の口座情報が送られてきた。本名もあれば、架空名義もある。その架空名義の口座のひとつに最新の送金情報があった。

コウは、自分の携帯電話の画面をウェイデの車のナビ画面と共有する。

「こんな端金《はしたがね》を口座間振り込みにして……一体なにに使ったんだ？」

横目で金額を確認したウェイデは、聞いたこともない社名への少額入金に顔を顰《しか》める。

「この金額で、この送金先で、……調達できるモノってなると……チャーター機です」

「飛行機、逃走用か……？」

「おそらく」

「さすがは調達屋。そっち方面は強いな」

ウェイデが片眉《かたまゆ》を持ち上げる。

二人組は、今夜、飛行機をチャーターしていた。パイロットはあの二人組の片方が免許を所持しているということでパイロットも断っている。なのに、乗員する人数は三名での申請だ。

「でも、チャーター機でどこへ行くつもりでしょう？」

「西隣の国へ逃げるんじゃないか？　小型機の燃料で飛べる範囲で、うちの国と犯罪者引き渡し協定が結ばれていないのはあの国しかない」

「逃げられたら終わりだ……」

ウェイデの言葉にコウは顔面蒼白《そうはく》になる。

顔面蒼白ではあるが、ミホシの行方を調査するための手は止めない。冷静に情報を分析して、飛行場周辺の情報を集めた。

「このチャーター機の搬入先、あった、この会社だ。……フライトプラン、航路の申請状況、許可証、……ウェイデ、イルミナシティ郊外の飛行場に向かってください。個人経営で、普段は経営者兼管理人が一名常駐している、ここです、この飛行場！」

ウェイデも、コウも、この街は長い。

あの二人組よりずっと地の利があった。

コウがナビに地図を出すと、ウェイデはハンドルを切って進路を変更する。

そこへ来てようやくコウは「ウェイデ、なんで俺と一緒にいるんですか？」と問うてしまい、「いまそれを言うか？」と笑われた。

二人でミホシを助けに行くのが当たり前のようにウェイデが振る舞っているものだから、ついつい一緒に行動してしまった。

「乗りかかった舟だ。この件に俺は関係ないとか言ってくれるなよ」

「…………」

でもウェイデには関係ないし、危ない。そう言う前に先手を打たれてしまった。

「一人よりは二人がいい。いまはそう思え」

「…………」

「大丈夫だ、俺は死なない」

コウの過去を思いやって、ウェイデは不敵に笑う。

「……死なない」

「ああ、死なない。お前を置いて死なないし、お前より後にも死なない。死ぬ時は一緒に死んでやる。生きてる時は、いま以上にお前に執着して一緒に生きてやる」

ウェイデは笑う。

夜の街路灯に照らされたウェイデの黒い瞳が、ぴかぴかお星さまみたいに輝く。

その横顔は頼もしくも強く、大きく立派な体軀《たいく》からは生命力が溢《あふ》れていた。

ウェイデの言葉には心が伴っていて、五年間諦めずに愛をくれる強い意志と、いつも必ずコウを裏切らずに寄り添ってくれる強さがあって、コウに「そうだな、この人は俺を置いて死ななさそうだ」と信じられる根拠のない自信と安心を与えた。

そのおかげで、ミホシの危機も冷静に落ち着いて対処できた。

＊

飛行場に到着した。

ざっと見渡した限り誘拐犯が乗ってきたらしき車両はなく、誘拐犯もミホシの匂いを誤魔化すためにか専用の消臭剤を使用したようで、ウェイデの鼻でも追えない。

飛行場の管理人は、管制室兼住居でウォッカを食らって大鼾《おおいびき》をかいていた。揺さぶり起こして状況を尋ねたが、すっかり酩酊《めいてい》していて要領を得ず、コウとウェイデは、あまり整備の行き届いていない薄暗い飛行場を再び車で走った。

格納庫のシャッターが開いていた。

コンクリートの割れ目から雑草が生えて、随所に小石の転がった滑走路には、小型飛行機が停まっている。タラップは下りているが、内部に人の気配はない。飛行機のエンジンすら稼働していない有様だ。

なぜ離陸していないのかは分からない。なにか状況が変化したのか、飛べない理由があったのか、顧客と揉めたか……。

「……コウ」

「はい」

車を降りようとしたところを呼び止められて、ウェイデがダッシュボードを開き、ごろりと重たげな拳銃を取り出すと、そのうちの一丁をコウに渡した。

「これ……」

「合法だ。身を守るために使え。使い方は分かるか？」

「軍に入った姉ちゃんに教えてもらいました。でも、空き缶と空き瓶しか狙ったことがありません」

「それでいい。敵は空き瓶と空き缶だと思え」

ウェイデは、もう一丁、明らかに自分用にカスタマイズしてある大型獣人用の拳銃を手に、カートリッジを確認して、コウにもカートリッジを持たせる。

車を降りて、ウェイデとコウは格納庫の陰まで走って移動した。

大声でミホシの名を呼ぶことはせず、敵の警戒を回避しつつミホシの気配を探るが、姿はおろか声すら確認できない。

ただ、ウェイデの耳にはわずかな物音が聞こえるらしい。

「空き缶と空き瓶の音ですか？」

「ああ、そのようだ」

コウが二人組をそう喩《たと》えたので、ウェイデは口端を綻《ほころ》ばせて頷く。

「ミホシの現在地は……」

「格納庫のなかで間違いない」

「…………さっきからめちゃくちゃ自信ありますね。飛行機内部のチェックもしなかったし……俺の携帯電話に送られてくるミホシの情報ってバイタルデータくらいで位置情報関連は妨害されてるっぽいんですけど……」

相手もプロだ。大半の保護責任者や親や家族が行っている防犯装置をジャミングまたはキャンセルする装置くらいは使っている。

「ウェイデ、もしかしてなんですけど……」

「…………」

「……ミホシに…………」

「すまん……、その、心配で、……ミホシの、耳にも……ちっちゃいチップを……」

「痛くないやつ？」

「痛くないやつ」

「妨害電波にジャックされないやつ？」

「されないやつ」

「めっちゃくちゃ高価なやつ？」

「…………高価なやつ」

「俺、その代金払ってないですけど？」

「うん………」

「………」

「いや、だが、これは市場に流通していないタイプで電波の範囲が限られていて、本人にかなり近づかないと位置情報も得られないし、ミホシに危険がない限りは使うつもりもなくて、いわば安全確保の保険と最終手段で……」

「……で？」

大事な子には発信機。

それがウェイデの愛だ。

ウェイデは視線を逸《そ》らしつつもすべて白状すると妙にすっきりした顔で「それはまた解決してから話そう！　あとで好きなだけ怒ってくれ、俺も謝る、ごめんなさい。それよりいまはミホシの救出だ」と自分の携帯電話の画面をコウと共有した。

ミホシは格納庫の二階らしき場所にいた。

通報して警察を待っている暇はない。

その場で二手に分かれて、コウは裏手から、ウェイデは表から攻めた。

格納庫の裏手、コウは階段梯子《ばしご》から二階へ上がり、カーテンのない窓から様子を窺《うかが》う。

事務所のような小さな部屋の床にミホシが転がされていた。すこし視線を動かすと、誘拐犯が二人で話し合う姿も確認できた。

ウェイデの携帯電話とは、常に通話状態にしてある。コウが、「ミホシと誘拐犯二名を発見、二階の事務室」と伝えると、すぐにウェイデから了解と返事があった。

コウのいる屋外は風がきつく吹きつけるうえに事務室は防音されているらしく、誘拐犯たちの会話は聞き取りにくかったが、唇の動きと表情を重ね合わせて意図を察した。

「道には迷うし、飛行場の場所は分かりにくいし、とんだ時間のロスだ」

「こんな辺鄙《へんぴ》な場所になったのはしょうがないわ。今回は、あの調達屋の坊やが妙にこっちを怪しんでたから、土壇場で利用する飛行場を変更することになったんだもの。大丈夫、想定の範囲内よ。飛行機もボロいけど飛びそうだし……」

「あの酔っぱらいの飛行場オーナーが離陸準備を完全に忘れて酔っぱらってたのは誤算だったけどな」

「そもそも、なぜあの調達屋がパーティー会場にいたのかしら……」

「調達屋だからだろ？　モミの木の調達をしたって話だったぞ。あまり考えるな。いまは逃げることが先決だ。幸いにも、顧客の注文にぴったりの質の良いガキが手に入った。俺は離陸の準備をしてくるから、お前はここにいろ、外は寒い」

「気をつけてね」

「あぁ、子供を頼む」

男のほうが防寒着をまとい、格納庫の階下へ下りていく。

コウは、再びウェイデと「男が階下に下りた」「了解。こちらで先に引きつける。二発、発砲音がするまで待て」「了解。その隙《すき》にミホシを救出する」とやりとりする。

誘拐犯の二人組は、まるで本物の夫婦のように互いを気遣い、決して怒り任せに互いを罵《のの》ることもなくトラブルを二人で片づけて冷静に対処している。不思議だ。子供を誘拐するような奴らなのに自分の相棒には優しくできるらしい。

ウェイデからの合図を待つ間に、事務室への侵入方法とミホシを救出したあとの逃走経路を決める。窓ガラスを割って入るか、銃で裏口の鍵を壊して入るかのどちらかだが、コウは銃を使うほうを選んだ。

間もなく、二発の発砲音が轟《とどろ》いた。

女が武器を手に戸口へ走り、身を低くして格納庫側の廊下に出て様子を窺う。

コウはドアノブに弾丸を打ち込み、扉を蹴破《けやぶ》って室内へ入ると脇目《わきめ》も振らずミホシを抱き上げ、懐に抱えて背中で庇《かば》い、来た道を戻った。

呆気《あっけ》にとられた女はすこし遅れてコウを追いかけ、発砲する。

アレは空き缶。

自分のなかで一度だけ唱えて、階段梯子を下りながらコウを狙ってくる女に撃ち返す。

女の銃弾がコウの肩を掠《かす》る。ミホシに当たらないように背を丸め、残り十段ほどを残して梯子から飛び降り、地面にぶつかる面を極力減らして回転するように受け身をとる。

いつの間にか雪が降っていた。これは積もる雪だ。

暗い世界は月も星もなく、一面白く吹雪《ふぶ》いている。

「ウェイデ！　ミホシ確保！」

ポケットの携帯電話に向かって叫ぶが、応答がない。

着地した時に壊れたのか、落としたのか……。

考えるより先に、ウェイデとの合流ポイントへ走った。

「ミホシ！　大丈夫か⁉」

走りながら声をかけると、腕のなかの小さな狐耳が動いて、「……こーくん」と声を発した。眠たげな声で、小さな手で、きゅ、とコウの服を握ると、コウの懐で猫のように丸まる。

背後を女が追いかけてくる気配はない。前方にはコウとウェイデが乗ってきた車が見える。運転席にウェイデの姿はない。誘拐犯の姿もない。雑草と小石の見えていた滑走路が瞬く間に白くなり、足もとが滑る。

「……！」

足もとに一発着弾した。二発、三発と連射されて、コウは車のタイヤ部分に退避し、そこからさらに逃げ道を探す。

周囲に建物はない。銃弾を受けてタイヤがパンクする。

敵は大口径の銃を使用しているらしく、たった一撃でコンクリートを抉《えぐ》った。

だが、幸いにもウェイデの車は防弾仕様らしく、ある程度は防いでくれた。

コウの第一目標はミホシの安全確保だ。

敵の銃撃が止まった瞬間を見計らい、コウは弾倉を空にする勢いで引き金を引き、身を低く走り出し、飛行機のタラップに足をかけ、四段飛ばしで駆けあがった。

飛行機内部は風と雪がない分だけすこし暖かい。閉鎖空間へ逃げ込むのは悪手だが、ほかに手立てが浮かばなかった。

小型機のパイロット席まで移動し、扉の死角に身を隠して膝にミホシを乗せる。

ミホシを抱く腕も、拳銃を持つ手も、限界だった。両方の指先から血が滴る。女が放った弾丸は右の肩を、もう一撃はミホシを抱いていた左の手の甲から肘《ひじ》にかけて滑るように肉を抉っていた。

流れる血は温かいのに、爪先《つまさき》からどんどん冷たくなって、指がたわみ、力が抜けて、腕の筋肉が震える。強張《こわば》った指先に息を吹きかけ、弾倉のカートリッジを交換し、次いで、ミホシを驚かさないように触れて怪我《けが》の確認をする。

「みほし、だいじょうぶ」

「そっか、良かった」

「あったかい」

ミホシの頬に、コウの血が滴る。

「ごめん、汗だ」

コウはミホシの頬を拭い、腰を浮かせてコックピットに装備されている救急箱を手前に引き寄せた。たいした物は入っていないが、止血帯があった。上着を脱いで傷口をきつく、けれども丁寧にする余裕はなく、雑に止血する。

上着のポケットを確認したが、そこに入れていた携帯電話はやはりなかったので、落としたのだろう。

その上着というのも、ミホシを追いかける段になって、ウェイデがしっかりコウの上着を持ってきてくれていて「着ろ」と肩に着せてくれた。

有事であっても、細かいところまで気を配られて、「なんでこの男はこんなにも落ち着いているのだろう。俺は余裕がないのに、どうしてこの男はいつもこんなにも俺を思いやる心があるのだろう」と、男として惚《ほ》れ惚《ぼ》れする一方で、男として負けたような気もした。

男として負けるのが悔しいのに、負けたことが清々しくて、「やっぱウェイデは、この、微に入り際に穿《うが》った抜け目のないストーカーっぽい用意周到さが魅力だよな」などと思ってしまい、本来ならそんなことを考える余裕なんてないのに、そうしたウェイデとのやりとりを思い出すだけで笑顔が戻り、コウは落ち着くことができた。

「……こーくん、ウェイデもいっしょ？」

「うん、いっしょ」

ミホシに問われて、この瞬間までコウは自分がウェイデの心配をしていなかったことに気づく。

すごいものだ。

ウェイデは先に死なない。コウより後にも死なない。

それは単なる口約束なのに、コウはその口約束を信じきっている。きっと、信じさせてくれるだけのなにかがあるのだ。ウェイデなら大丈夫だという、コウ自身の気持ちが、そう思わせるのだ。

『コ、……、……コウ、コウ！』

その時、ウェイデの声が聞こえた。ミホシの耳にも届いたらしく、「ウェイデ？　どこ？」と尻尾と耳をきょろきょろさせる。

「ウェイデ……？」

コウの言葉に、すぐ近くで『二人とも無事だな？』という声が返ってきた。

「うん、無事。そっちは？」

『無事だ。気をつけろ、あの二人組、人外だ。銃弾の一発や二発では死なない』

「分かった。……ウェイデ、どこ……？　ていうか、どうやって声が……」

『話はあとだ。コックピット内にいるな？　動くな、迎えに行く』

「ウェイデ……」

おそらく、ミホシの発信機を追ってくれたのだろう。

ウェイデが移動に集中するため会話は終わったが、ずっと通信がオン状態になっているらしく、名前を呼べば返事があった。

「ミホシ、帰ったらなに食いたい？」

「いちごのケーキとマシュマロココアとホットケーキ」

「甘いものばっかりだな」

「ミホシ、まだ食べてないの。こーくん食べた？」

「俺もまだ食べてない」

ミホシは攫われた前後の記憶が曖昧なようで、「お庭でクリスマスツリー見るのはまだ？」とコウに尋ねてくる。

「帰ったら電気ピカピカするスイッチ一緒に入れような」

「ツリーの一番上のおほしさま、くっつけたいな。ウェイデ、肩車してくれるかな？」

「肩車はしてくれると思うけど、あのモミの木、十メートル以上あるからなぁ……」

「ウェイデがこーくんを肩車して、こーくんがミホシを肩車したら届く？」

「ははっ、届くかもしれないから挑戦してみよっか」

「うん！」

「だってさ、ウェイデ。帰ったら曲芸頑張ろうな」

本当に実行はしないが、試してみる価値はあるし、そうして軽口を叩いていたほうが気が紛れたし、ウェイデの低い笑い声が返ってくるとそれだけで心が穏やかになった。

「ウェイデはどこからお話してるの？」

「耳に発信機らしい」

「おみみ！」

ミホシは自分の耳を触って、ふわふわ、ふかふかさせている。

コウは「それはもう発信機っていうか盗聴器とかなんかぜんぶ一緒くたになってる代物で、使い方によっては犯罪すれすれだよな……」と思ったりもしたが、同時に、それがあるからいまウェイデと繋がれているので「ウェイデ、帰ったらウェイデの奢《おご》りで肉な。それでぜんぶ許してやるよ」と言ってあげることができる。

「ミホシ、耳をぺたってして聞こえないようにして、目を瞑って、小さく丸まってろ」

「はい」

ミホシはコウの言うとおりにして丸まる。

コウはミホシの丸い後ろ頭を撫でて中腰で立ち上がり、パイロット席の窓から見つからないように、計器類やコントロールパネル、離陸に必須《ひっす》のスイッチを銃床で破壊する。

「ミホシ、もういいよ」

「うん」

「今度はパイロット席の下の隅っこ、あそこに入れるか？」

「がんばって入る」

「じゃあ、ちょっと入っててくれ」

「はい」

ミホシをそちらへ移動させて、さっきと同じように小さな猫のように丸まらせる。

「ウェイデの様子を見てくる、ここで一人で待ってろ」

「……ひとり？」

「すぐ戻ってくる」

返事を待たずにコックピットを出る。

先ほど、ちらりと外を見た時、光る眼が二対あった。

ウェイデの黒い瞳は、夜よりもなお深い黒をしているのにお星さまみたいに光る。だが、あの二対の光は禍々《まがまが》しい赤色で光り、その光はこの小型機に近づいていた。

このままだと、ここに入ってくる。

ここにやってくるウェイデも襲われる。

一旦、あの二人をこの飛行機から引き離さなくてはいけない。

コウはあえて銃弾を放ち、目立つようにタラップから下りると走った。

走って、走って、走った。

人の姿をした二人が獣のように四つ足で追いかけてくることに恐怖を感じながらも格納庫まで走り、……薄く積もった雪の上、格納庫の陰で捕まった。

人の形をした二人は、蜘蛛《くも》のように異様に長い手足でコウの四肢を拘束し、にちゃりと笑った。二人とも、血まみれだ。足が速いのにすぐにコウを捕まえられなかったのは、ウェイデに打ち込まれた無数の銃弾のせいだろう。ぜぇぜぇ、はぁはぁ、肩で息をして、ぼたぼた、ぼたぼた、どろりと重く粘ついた体液を漏らし続けている。

ウェイデに追い詰められて生命の恐怖を感じた二匹は精神的に錯乱していた。

まずこの二人がすべきことは全身に負った致命傷の早期治療と逃走なのに、もうそれを考えつくことができないほど脳機能が落ちている。

「……っ」

黒獅子に獲物と見定められ、狩りの対象とされると、こんなふうになるのか……。

狩られる恐怖で、こうなるのか……。

コウは、静かに唾液《だえき》を飲んだ。

「……このガキも、っ……黒い目、黒が、みの、東ようの系で、若イ……っ」

「次点候補で妥協ダ！」

二匹は荒く乱れた息と口調で、歪な声を発する。

「顔、ガ、……カワイイ、手足ガ、長イ……」

「ホラ、お前、アジア系の人気のアイドルみたいデ高く売レルと言ったダロ！」

二人はミホシを諦めて、コウに狙いを定め直していた。

おそらく、もう、ミホシの存在すら忘れているのだろう。

正常性バイアスもかかっているらしく、「あの黒獅子、逃げ出したわね」「ああ、俺たちにビビったんだ」「大丈夫よ、このくらいの怪我ならすぐ治るわ」「あの黒獅子は僕があとで喰い殺してしまうよ」と笑い合い、できるだけいつもどおり自分たちのいつもの仕事をすることで、必死に現実から逃避していた。

コウは、引き金にかけたまま強張っていた指先だけに集中して、のしかかっている男の脇腹に全弾撃ち込む。

だが、抵抗はそれでおしまいだ。人間のコウには、ほかに戦う手段がない。

「あぁ、ほんとに……」

運が悪い。

死ぬ瞬間は、わりとあっけない。

死んだ弟と一緒だ。

でも、弟は敵と戦うこともできずに殺されたから、まだ、最期に抵抗できたコウのほうがマシかもしれない。

それに、この人生でウェイデと出会えた。

それは本当に幸運だったと思う。

「このクソガキ！」

男が、蜘蛛のように口を丸く開いて牙を剝《む》く。

途端に、男が真横に吹っ飛んだ。

吹っ飛んだ上に、真っ黒の獣にのしかかられ、力業で腕を引き裂かれ、悲鳴を上げる。

真っ黒の獣はその動作を片腕で行った。右腕にミホシを抱き、己の肩でミホシの視界を塞《ふさ》ぎつつ、左手で男の腕を摑んで右足で男の背中を踏みつけ、引きちぎった。

「まだー？」

「まだもうちょっとだ」

ミホシは自分の耳を引っ張ってぺたんとさせてなんの音も聞かないようにして、ウェイデの肩にぎゅっと目を押し当ててなにも見ないようにしている。

ウェイデは男の手足すべてを同じようにして身動きをとれなくすると、コウの傍に戻り、怯えて戦意を失った女の手足のすべての関節を外して自由を奪った。

それからコウの隣に膝をつき、コウを左の腕一本で抱くように助け起こし、ミホシを抱いた胸で、コウも抱きしめる。

声もなく、静かに、力強く、コウを抱きしめる。

「ウェイデ、ミホシ、もういい？」

「ああ、もういいぞ」

「こーくん！　ウェイデ！」

ミホシは二人にむぎゅっと抱きつく。

「ミホシ、ウェイデ……、無事でよかった」

ウェイデとコウはミホシの背中に腕を回して、まるで三人で寄り添うように抱きしめ合う。

「……ウェイデ、なんで俺の居場所分かったんですか？」

「……大事な子には……」

ぼそっとウェイデが言うので、コウは「発信機……」と合言葉のように応える。

「ああ、そういえば、熱出した時に、そんなこと言ってましたっけ……」

すっかり忘れていた。

通信も可能な発信機で、装着している本人が気づかないような小型サイズって一体どれくらいの値段がするんだろう？

コウは考えるのをやめた。

【5】

誘拐犯は生きて捕らえられた。

ウェイデはなぜあの二人を殺さずに生きて捕らえたのだろう？　人魚と獣人の事件の時のように、また、コウが忘れた頃に行方不明になるのだろうか。いろいろと考えたが、すぐにコウのためだと分かった。

あの誘拐犯は、何人も、何十人も子供を誘拐している。生きてさえいればその子供たちの情報を引き出せて、一人でも、二人でも、親元へ返せるかもしれない。そして、コウならばそれを望むだろうとそこまで考えてくれたのだ。

コウを傷つけられたことへの私的制裁は我慢して、コウの気持ちを優先してくれた。

「ところで、今回の事案についてだが……」

「ウェイデの好きにしていいですよ」

コウがそう言うと、ウェイデは嬉々《きき》とした様子で事後処理をさくさく終わらせた。

なにもかもすべてウェイデの行動はコウとミホシのため。

二人を守るために動いてくれると分かっているから、過保護で愛情過多なウェイデが満足いく方法で事を収めてもらうことにした。

孤児院側の代表として、アンリがウェイデのすることの一部始終を見聞きしていたが、「絶対に敵に回したくない。というよりも、回せない。あの男はこの国の法律を守る獅子の一族だと聞いていたが、法の番人どころか法の支配者だ」と恐れ慄《おのの》いていた。

まぁ、世の中には知らないほうがいいこともある。

コウとミホシにとってウェイデという男は、ちょっと過保護で可愛い黒獅子だ。

「すまん……、その、いろいろと……つい、やりすぎて……」

かわいいかわいいコウとミホシ。

一度でも己の懐に入れたら、一生ずっと自分の縄張りで守る。

可愛さ余って行きすぎたと謝った時のウェイデの尻尾と耳が可愛かったから、コウもミホシも笑って許して、「じゃあ、ウェイデにも発信機つけよう」と、耳を優しく引っ張って発信機をつけた。

ウェイデも尻尾をぱたぱた揺らして、「自分と同じ愛情の示し方をしてくれる人がいるというのは、嬉しいことだ」と感極まっていた。

その後、コウの怪我の治療だ、ミホシのケアだ、ミホシの養親候補問題だとバタバタしているうちに、あっという間に時間が過ぎてクリスマスイブになってしまった。

いま、コウとウェイデとミホシは、三人でサティーヌの孤児院で暮らしている。

コウの怪我は随分と良くなっていたが、万全の調子ではない。手を使う時に、まだまだ痛むし、傷口が引き攣《つ》る。

ウェイデの自宅は広く、手洗い場へ行くにも、風呂に入るにも、食事をするにも、ちょっとしたことで部屋から部屋までが遠く、不便も多い。

その点、サティーヌの家は、もともと子供が暮らせるように安全面に配慮されていたし、サティーヌが病がちになった時点でバリアフリーに改装している。なにより、まだクリスマス当日が終わっていないこともあって孤児院の庭にはクリスマスツリーが飾られたままだった。

このツリーの撤去は年が明けてからだ。

それまでずっと誰にも見てもらうこともなくここに置いておくのは忍びない。セキュリティを導入しているとはいえ、ホリデーの間ずっと無人にしておくのは防犯上もよろしくないので、アンリやロクサーヌ、孤児院の管理にかかわっているみんなと相談してコウが住むことになった。

ひとまずは怪我が治るまでだとコウ自身は思っていたが、そこへ「一人だと心配だ。アンリには許可を得た」と急ぎ自分の荷物をまとめたウェイデが庭先に姿を現し、ウェイデの左の小脇に抱えられたミホシが「みほしもいっしょ！」とにこにこ笑顔で尻尾を振った。

それからずっと、三人で暮らしている。

場所が変わっただけで、ウェイデの家にいた時と生活は変わらない。

ただ、コウとウェイデとミホシの関係はすこし変わった。

ひとつめは、ミホシの将来についてだ。

養親探しの件は落ち着いてから仕切り直しということになっていたが、コウは、たぶんきっともう自分はミホシの養親探しはしないだろうと分かっていた。

ウェイデも同じように考えていたらしく、二人で示し合わせるわけでもなく、この話をするならいまだろうな、と思い立ち、ある日、庭で遊ぶミホシをテラスに手招き、そこへ三人で腰を下ろし、コウとウェイデの間にミホシを挟んで話をした。

「ふふっ……もわもわの、ふかふか」

上着を着せてもらい、マフラーと帽子と手袋のミホシが、上着を着たコウと自前の毛皮のウェイデの間でぎゅうぎゅうになってにこにこ笑う。

白い肌に赤い頬が愛らしくて、「息、白いね」と三人で昼間のクリスマスツリーを眺めた。

「なぁ、ミホシ、俺とコウから質問があるんだが……」

「なぁに？」

「クリスマスのプレゼントはなにがいい？」

コウの問いかけに、ミホシはコウを見上げ、次いでウェイデを見上げ、「なんでもいいの？」と問いかけてきた。

「ああ、なんでもいい」

「ミホシの欲しいもの、ぜったいにプレゼントする」

「ミホシ、こーくんとウェイデが欲しい！」

ミホシは一切考える時間をとらず、即答した。

コウとウェイデと腕を組んで、二人を自分のほうに引き寄せた。

「ミホシのクリスマスプレゼントに、こーくんとウェイデをちょうだい！」

「ミホシ、どうして俺とコウが欲しいか、理由を訊《き》いてもいいかい？」

「あのね、ミホシね、ほんとはね、ママ・サティーヌと一緒にいる時からずっとずっと、こーくんと家族になりたかったの！」

孤児院で、たった二人だけだった黒目と黒髪。

ほかの子は、髪の茶色い子、猫ちゃんの子、狼の子、金髪の子、そばかすの子、どこかしら誰かと似ているところがあって「わたしたち姉妹みたいね」とか「俺とアイツは双子みたいだろ」と共通点を見つけられた。

でも、ミホシだけは誰とも兄弟みたいじゃなくて、家族みたいじゃなくて、いじめられたり除《の》け者にされたりしたわけでもないのに、疎外感を感じていた。

そしたら、たまたま調達屋の仕事で孤児院に顔を出したコウがミホシを抱き上げて、「じゃあお前は俺の弟だな」とキラキラお星さまみたいな笑顔で笑ってくれた。

真っ黒の髪と瞳なのに、きらきら、きらきら、輝いていた。

その日から、ミホシはコウと家族になりたいと思った。

本物の家族になりたいと思った。

だから、コウが一所懸命ミホシの家族を探してくれているのを分かっていても、本当は乗り気じゃなかったし、よその人とは家族になりたくなかった。いっぱいいっぱいミホシのために頑張ってくれていて、アンリとロクサーヌが「コウは頑張りすぎよ」「あれでは先にコウのほうが体調を崩すな……」と心配していたのも知っている。

ミホシのために、たくさんの大人がたくさん頑張ってくれたことを知っている。

コウが誰よりもミホシの幸せのために走ってくれたことを知っている。

だから、どうしても言い出せなかった。

でも、本当は、そんなふうに自分のために一所懸命になってくれる人と家族になりたかった。

「もう言ってもいいんだよね？　ミホシのほしいもの、言っていいんだよね？」

「うん。いいよ。ミホシのほしいもの、俺とウェイデに教えて」

「こーくん、ウェイデ、ミホシのかぞくになってください」

「はい、家族になります。……俺とウェイデをミホシの家族にしてください」

「今日から三人家族だ」

意を決してお願いするミホシの言葉にコウとウェイデは力強く頷き、ミホシを二人で抱きしめた。

「わぁああ～……」

コウとウェイデの返事にミホシは声にならないらしく、喜びの声を上げて尻尾をばたばたさせてテラスの真っ白の木床を叩いた。

「今日から、ミホシとこーくんが家族になって、ミホシとウェイデも家族になって、こーくんとウェイデも家族になって、さんにんかぞく！」

ミホシは喜びを嚙みしめる。

黒い髪と黒い瞳、黒い耳と黒い尻尾の家族だ。もし、黒い髪と目と耳と尻尾を持っていなかったとしても、ミホシは、コウとウェイデと家族になりたい。そんなミホシの夢が叶った。

「ママ・サティーヌが言ってたよ。ミホシのことを、この世で一番ぴかぴかのえがおにしてくれる人を家族にしなさい、って！」

「なら、俺とコウが最適だ」

「いっぱい頑張って、ミホシのこと、この世で一番幸せの笑顔にするからな」

「うん！　ミホシね、家族でしたいことたくさんあるの！」

「ぜんぶ三人で叶えよう」

　クリスマスに、毎年、ホットケーキを焼いて、いっぱいいっぱい塔みたいに重ねて、いちごを挟んで、生クリームでデコレーションして、いちごで飾ったケーキを家族三人で作って食べる。それから、クリスマスツリーを出して、てっぺんのお星さまを家族三人で飾りつけして、一番星を見て、にこにこする。ミホシが願うのは、たったそれだけ。

　コウとウェイデは、その願いを叶える覚悟を決めた。

　コウは、自分の職業や不運ゆえにミホシを不幸にしてしまうのではと不安になるけれど、ウェイデと話したうえで、覚悟を決めて、今日、ミホシに欲しいものを尋ねた。

　コウとウェイデが恋人同士でなくても、愛し合う関係でなくても、ミホシと三人家族になれるから、まずはミホシの幸せを考えて三人で一緒にいると決めた。

　だから、迷うことなく、家族が欲しいというミホシの願いを叶えた。


　こうして、ミホシとコウとウェイデは三人の家族になった。

　クリスマスイブは、クリスマスケーキを作って、小さいツリーを家の中に出して、お星さまを飾って、三人でご馳走《ちそう》を食べて、ウェイデがいつの間にか用意していた溢れんばかりのプレゼントのリボンを家族みんなで解いて、すこしだけ夜更かしして、庭に出て三人で星を見た。

ミホシは、お星さまみたいにきらきらぴかぴかの笑顔で笑ってくれた。

＊

イブの夜、ミホシとコウは同じベッドで眠った。

いつも、眠る前には絵本を読んだり、今日の嬉しかったことを話したり、明日の楽しみを話したりするので、今日も同じようにした。

「こーくん、今日のお話はなぁに？」

「そうだなぁ……絵本でも読むか？」

「ウェイデのことお話して？」

「ウェイデ？」

「うん。ウェイデ」

「……ウェイデかぁ……」

「ウェイデは、こーくんのことが好きだよ」

「…………ミホシから見ても分かる？」

「ウェイデは、こーくんがすきすきだいすき」

「だよなぁ。……ウェイデは俺のこと好きすぎるよなぁ」

心配性で過保護で愛が深くて重くてちょっと特殊だけど、コウのことが大好きで……世に言うヤンデレの風味もあるのかもしれないし、執着も強いのかもしれないが、溺愛《できあい》してくれているのは確かだ。

「こーくんもウェイデのことすきすき？」

「………好きだよ」

「好きだと家族になったらうれしいよ」

「俺が好きとかどうとか言う前に、あの気持ちは受け止めてやらなきゃなぁ……って思っちゃうんだよなぁ……」

「……？」

「だって、ウェイデはあんなに愛が重たいんだから、俺が受け止めてやらなきゃ潰れるだろ？　よその人はウェイデの愛情を鬱陶《うっとう》しいって言ったり、こわいって思って拒否するらしいからさ。俺までそんなことしたらウェイデが可哀想じゃん。あんなに健気《けなげ》に愛してくれてるのに。それに、そんなに思ってくれる人が家族になってくれるのに自分から捨てるなんて勿体無《もったいな》いよな」

コウはウェイデの愛情をぜんぶ受け入れて、受け止める覚悟はできている。

　でも、恋人同士になるかどうかは別だ。

　いまはまだ家族という枠組みだけで充分かもしれない。

「あ、でも、可哀想で勿体無いから受け止めてあげるってもんでもないっていうのは分かってんだよ？　俺もウェイデのこと好きだから。……って、分かんないか、ごめんな、変な話して」

「こーくんはウェイデがすきすき。ウェイデもこーくんがすきすき。じゃあ、こいびとだよ」

「恋人じゃないんだよなぁ……それが。ていうか、ミホシ、恋人とか難しい言葉よく知ってたな」

「託児所に、みほしのこいびといるよ。かのじょだよ」

「すげぇ……」

「五人いるよ」

「もっとすげぇ……魔性だな……」

「彼氏もいるよ、さんにん」

「……ミホシさん？」

「好きな子に好きって言ったら、もう、こいびとだよ」

「俺もそれくらい素直になったらいいのかなぁ……」

「こーくんは素直じゃないの？　すきすきっていわないの？」

ミホシは、幼いながらも、「そこまでウェイデの重い愛を分かっててぜんぶ受け入れて
て好きあってるなら、いっそ恋人になってあげなよ……」と言わんばかりに、やれやれと
いった表情をする。

「もし、恋人になったとしてさ、ウェイデがこの五年にわたってイメージしてた恋人像の
俺と、現物の俺が違って、幻滅して、よその女に逃げたらめっちゃむかつくんだよな」

「………」

「それならもういっそ家族でいいかなぁ……って」

恋人じゃなくて、家族なら一緒にいられる。

ずっと、一生、ウェイデのものにならなければ、振られることも、別れることもない。

恋人にならず、このままずっとコウを手に入れるための感情のままのウェイデを縛りつ
けておきたい。

ずっとコウのことを追いかけて求めてくれてなきゃいやだ。

一生をかけて信じ続ける教義のようにコウを想ってくれなきゃいやだ。

コウのことだけを見つめてくれなきゃいやだ。

ウェイデの愛と信仰は一生ずっとコウに向けられていなくてはならない。

「だって俺は生まれてこの方、家族愛以外の他人の愛で愛してもらったのはウェイデが初

めてで、ウェイデに愛してもらって、ウェイデなりの愛し方で愛されてこの五年生きてきたんだ。だから、ウェイデが俺以外を信仰の対象にするなんて許せない。ウェイデはいつも俺のことだけ見てなきゃだめなんだ。俺が、そうしてウェイデからの愛情を注がれてないと、死んじゃう……」

両方がお互いに執着していることは確かだ。

正しい愛の形ではないのかもしれないが、愛に正しい形なんてない。

本人たちが幸せであれば、笑って一生を共にできれば、それが愛だ。

「ウェイデからの愛がなくなるのは無理、……俺が、生きていけない……」

いまさら、ウェイデの愛と執着と信仰なしに生きていけない。

ウェイデに見守られていない五年前の毎日戻ることを想像したら、寒気がして、不安になって、こわい。きっと、夜も眠れない。ウェイデを知らない過去には戻りたくない。

そんなふうに怯えるくらいウェイデが愛を注ぎ続けたコウは、知らず知らずのうちにウェイデの愛にずっぷり依存してしまっていた。

「愛情を注がれること、信仰の対象が自分、それが失われるのは無理。そんなふうに思えるくらいになるまで、じわじわ俺の内側を侵食し続けたウェイデの愛ってすごいな……」

静かに時間をかけてねっとり精神調教された感じだ。

ぞわりと背筋が粟立《あわだ》って、まるで、ウェイデのアレを咥《くわ》えた時のような興奮が蘇る。

発情したメスのように、条件反射で尿意を覚えてしまう。

あぁ、これは本格的に、そういうふうに仕込まれたかもしれない。

静かに、じわじわと、ゆっくり、ウェイデの愛を仕込まれて、ウェイデの愛し方を馴染《なじ》まされて、ウェイデの手に落ちた感覚だ。

「ミホシ、俺、ちょっとトイレ行って……、……あ、寝てる」

ミホシはくぅくぅぴぃぴぃ可愛い寝息を立てて眠っていた。

＊

ミホシとウェイデとコウの三人で家族初めてのクリスマスをした。

二十六日の朝になると、ミホシはそそくさとベッドを出て、「今日はね、にゃんこのおじちゃんと、おじちゃんのお嫁さんと、おねえちゃんたちとデートの約束があるの」と言って、朝ご飯を食べるなり自分でおでかけの支度を始めた。

ウェイデに「しっぽ、いつもよりたくさんしゅっしゅってしてください」とお願いして、コウには「お耳の三角のてっぺんのところ、かっこよくして」と鏡を見て自分の一番カッコイイ耳の形を模索していた。

九時過ぎに、今年二十歳《はたち》になる大学生と、十七歳の高校生と、十二歳の小学生の、シャム猫のように美しい三姉妹がミホシを迎えに来た。アンリの愛娘《まなむすめ》たちだ。

「さぁミホシちゃん、おでかけしましょうね。母もミホシちゃんに会えるのを心待ちにしているわ」

「みーちゃん、明日はおねえちゃんのだっこでカルーセルに乗ろう！」

「みぃちゃん、おててつなご？　一緒にアイス食べるの楽しみね」

「いってきまぁす」

三姉妹のしなやかな猫尻尾に可愛がられ、頰をくすぐられ、頭を撫でられ、「ミホシちゃんは今日もふかふかのふわふわの尻尾ね、かっこいいわ」と朝から入念にブラッシングしてもらった狐の尻尾と耳を褒めてもらい、にこにこご機嫌でおでかけしていった。

玄関まで見送りに出たコウとウェイデはポツンと取り残され、所在無げに突っ立つしかなかった。

「……あ、もしもし？　アンリ？　俺です、コウです。……いまブリジットとジュリエットとオデットが迎えに来て……ミホシがおでかけしちゃったんだけど……」

コウはズボンのポケットから出した携帯電話でアンリに電話をかけた。

『ああ、伝えるのを忘れていた。すまん。前から、うちの妻と娘がミホシと出かける約束をしていたらしくてな。俺も今日明日と年末年始のホリデーの買い物に付き合うことになったんだ。朝からデパートやら遊園地やらレストランやら……まぁ、大忙しだ』

「ミホシも一緒にお願いしていいの？」

『構わん構わん。こっちは男が一人で肩身が狭かったんだ』

アンリは笑っているが、その実、愛妻家であり三人の娘を溺愛しているから、こうして買い物に付き合わされるのも嬉しいらしく、きっと、電話の向こうでにこにこご機嫌になって尻尾と猫ヒゲを揺らしているに違いない。

「じゃあ、今日はよろしくお願いします」

『明日は遊園地に連れていくから、ミホシは夕飯を食べさせて、夜には帰す。……せっかくだ、お前もウェイデとちょっと真剣に話しなさい』

「…………」

『じゃあな。なにかあれば連絡してこい』

「うん。ありがとう」

『……あぁ、それと』

電話を切る寸前でアンリが呼び止めた。

「どうしたの？」

『きちんと無理のない交尾をするように。セーフセックスで、互いに特殊な性癖があるようなら、きちんと相談してから、求めたり、応じたりしなさい。相手は黒獅子だ。もし、意に添わぬことを求められたらノーと言う勇気を持ちなさい。自分の体と心を大事にしなさい。いつでも迎えに行くから』

「………」

『コウ？　聞いているか？　返事をしなさい。……まさか、なにか、その……もう既に俺には言えないような……』

「パパ、安心して。こっちはまだそこまでいってない」

『………そうか』

「そう」

『すまん、早とちりだ』

「心配してくれてありがと。でも安心して。ウェイデはイイ男だよ」

それは自信を持って言える。

アンリとの電話を切って、ふと、隣に立っていたはずのウェイデを探す。

耳の良いウェイデは、電話の内容を聞かないように数歩ばかり離れてくれていたらしい。

だが、ところどころ会話が漏れ聞こえていたらしく、眉間《みけん》に皺《しわ》を寄せてなんと言えばいいのか熟考しているらしく、ちらりとコウを見下ろして「無体はしない」と短く発した。

「知ってます。……ウェイデ、せっかく二人なんでちゃんと話したいことがあるんですけど、ちょっと時間いいですか？」

「もちろん。俺も話したいことがある」

「じゃあ、……リビングで」

三人家族三日目にして、二人きりになってしまった。

テラスから庭に出ていたので、サンダルを脱いでリビングへ入る。

広いリビングは、たくさん子供がいた時の名残でほとんど物を置いていない。備え付けの暖炉とファイアスクリーン、床には壁際まできっちり厚手の絨毯《じゅうたん》が敷かれ、この時期は小さなクリスマスツリーがあるだけだ。ソファは庭を臨む位置に設置しているが、ここで暮らしていたみんなが大体いつも絨毯に座ってクッションを抱えたり、寝転んだりしながら穏やかな時間を過ごしていた。

小さな子は走り回ったり、玩具《おもちゃ》を広げて遊んだり、大家族だからこそケンカしたり、泣いたり、笑ったり、いつも賑やかで、コウがちょっと成長して十代半ばくらいになると、「ちびたちはなんでこんなに騒がしいんだろう？」といつも不思議だったし、時には憎たらしいことを言ってきたりもしたけど、結局はいつも可愛かった。

なかには、「私はだめ、むり。一人が好きみたい。高校を卒業したら出ていく」と言って、早々に自立した子もいたが、コウは、毎日が騒がしくて、いつも誰かの生活の気配があるほうが安心できた。

夜中にふと目が醒めた時に、隣で眠る同年代の寝息が聞こえて、「あぁ、大丈夫だな、誰も殺されてないな、放火もされてないな」と安心を与えてもらうこともあった。

コウとウェイデはリビングの絨毯に腰を下ろし、ソファに凭《もた》れかかり、二人とも庭を見る姿勢になった。ソファに座ればいいのに座らないのは、床に座ったほうが庭と目線が近くなるからだ。視線の先には、白く降り積もった雪と大きなクリスマスツリーがあって、もし、この会話が途切れても、二人の関係が気まずくなっても、庭を見ればなんとなく間が持つし、気持ちも落ち着く気がした。

「………」

コウは懐に大きなクッションを抱えて、深呼吸する。

コウの左隣に座ったウェイデの尻尾は、ぱたりとゆっくり床で波打つ。

「俺は、両手の怪我が治っても、ここで、このサティーヌの家を引き継いでミホシと暮らしていこうと思ってます」

コウは、自分から口を開いた。

ウェイデに自分の傍にいてもらいたいなら、自分から歩み寄って、自分からちゃんと話すべきだ。それが、五年間ずっと恋を忍び、愛の見返りを求めずにいてくれたウェイデへの誠意の示し方だと思った。

「最初、ミホシは、俺が気に入ってるウェイデの家の庭が見たいって言って俺にくっついてきたんですけど、それはたぶん、俺と家族になりたいからそう言いだした面もあって、でも、やっぱり長年親しんだこの家のほうが落ち着くのは落ち着くみたいなんです」

「ああ、それはうっすらと気づいていた」

「この家も、一年経ったら取り壊してサティーヌは考えてたみたいだけど、俺はこのまま この家を守って、来年も、再来年も、ずっと、この庭にクリスマスツリーを飾りたいって考えています」

「良いことだと思う」

「……ウェイデは、その、俺とミホシと三人で家族になってくれるって言ってくれましたけど、どうしますか？　通い婚にしますか？」

「通い婚……結婚か……」

「あ、いや、ちょっと語弊が……ほら、週末だけ同居とか……」

「三人家族なのに？」

「……ですよね」

「当然、俺もこちらだ。住所変更やらの手続きを含め、また改めて三人でアンリに挨拶へ行こう」

「ウェイデ、あっちの家を気に入ってるのに、そんなに簡単に棲《す》み処《か》を変えさせるのは申し訳ないです」

「確かにあの家は気に入っているが、ミホシが子供のうちは、やはりあの家は危険が多い。そもそもが遊郭だ。子供が育たない前提で造られているから、どれだけ気を配っても気が休まらない。向こうの家は向こうの家で仕事で使うなり、趣味の物の置き場にするなり、別荘代わりにするなり、置いておけばいい」

「その、……仕事についてですけども、俺はたぶんこのまま調達屋を続けます。生活は、まぁ……ミホシを食わせていくくらいはなんとかなります。なにかとお金が必要になるから、もうすこし仕事は増やすつもりですけど……。この家と土地も、自分の葬式代に貯めておいた貯金を頭金にしてローンを組んだらなんとか払っていけそうなんで……」

幸いにも、「コウが住むなら、そのまま相続するといい」と孤児院の管理にかかわっていた大人たちから言ってもらっている。彼らはコウから金銭を取るつもりはないようだが、そこはきっちりしっかり証書にして、公明正大にしておいたほうが、後々、問題が発生しても揉めずに済むし、気持ち良くここに住める。

「ちょっと待て、なぜお前はすべて一人のつもりで計算するんだ？」

「なぜって、それは、俺がここに住むから……」

「俺も住むんだが……」

「ウェイデには、自分の持ち家があるのにわざわざこっちに引っ越してもらって住んでもらうっていう気持ちでいます。そんな人からお金を出してもらうのは……」

「それこそこちらがお前たちの家に転がり込むのだから、俺のほうこそお前に家賃水道電気光熱費食費に雑費すべて払うべきだ」

「だって、ウェイデ、その、雑費っていうところでこの家の土地代と家屋代くらい一括でごそっと俺に渡してくるでしょ？　一年分前払いだ、とか言って」

「…………」

「こっちだって五年の付き合いがあるんですから、お見通しですよ。大体、ここの土地代を賄える雑費ってなんですか、どんな大金渡すつもりなんですか、……ったくもう、雑なんですよ」

「すまん……」

「……まぁ、そんな感じで、いままでの俺だったら金銭面は絶対に借りを作らないでウェイデの好意も厚意も拒絶するところなんですけども、いまは家族だから、ちょっと甘えようかなって思ってます」

「本当か？」

「適正な範囲で、家計と家賃とローンを助けてもらえると嬉しいです。本当のとこ言うと、ローンを組まないでウェイデに一括でここを買ってもらって、俺がウェイデに返していくっていうのが一番節約できるんですけどね。借金はどうも性に合わなくて……」

「金貸しは嫌いか？」

「……やっぱり、苦手です。ウェイデのしていることが人助けの金銭的援助であっても、今度はその潤沢な資金を狙って誰かがこの家を襲うかもしれない」

「安心しろ、もう金貸しじゃない」

「……？」

「金貸しは十一月末日をもって廃業した」

「……廃業って……？」

「今日からはお前と一緒に調達屋をやる」

「………なんで？」

「だってお前、金貸し嫌いだろう？」

「だからって……」

「反対してくれるなよ。もう金貸し業のほうはすっかり整頓《せいとん》してしまった。債権はアンリから紹介してもらった信頼できる銀行屋に売ったし、返済も低金利になるよう話をつけた。いま俺に金を借りている者はそう多くないが、無理なく一年以内に返済を終える計画だ。誰も不幸にならずに、誰かが誰かを恨むことなく、金貸し業は廃業できる」

「つまり……」

「もうすっかり調達屋になる準備は整っている」

「………」

開いた口が塞がらない。

好きな子のために転職するなんて……。

それも、ウェイデがウェイデの生き方として行っていた慈善事業なのに……。

「慈善事業なら、ほかの方法でいくらでもできる。今後は財団でも作るさ」

「それと、転職は、別問題で……」

「そもそも、コウ、お前は人が好すぎる。根本的に、悪事に関連する物事への対処に不向きだ。お前は、大きな仕事に当たるたびに事故や事件に巻き込まれる。それは、依頼主を悪人だと疑う前に、まず信じて行動するところから始めてしまうからだ」

「…………」

「もちろん、それは良いことだ。人を信じるというのは、なかなか難しい。特に、人の害悪に触れて家族を亡くしたお前にとってはそうだと思う。だが、それでもお前はまず人の善性を信じて行動している」

「…………」

「だから、人を見るのは、金貸しを長くやって目が肥えている俺に任せておけ。人の悪いところは俺が見るから、お前は人の善いところを見て、それを信じて、これからも困っている人が助かる物を調達する仕事をしろ」

サティーヌにミルクとクロワッサンを運んで、毎日コウが見守ってくれているという安心を運んだように。

ミホシに家族の幸せと笑顔を運んだように。

「お前がそうして調達屋をできるように、俺が守って、支える」

「……俺は、ちょっと前まで、どうやったらウェイデの気持ちを断れるかばっかり考えてました」

「聞こう」

「俺は、結婚するつもりも、つがいを持つつもりもなくて、いまの一人きりの生活スタイルが気に入ってて、自分の生活領域に他人が入ってきて自分の生活ルールとかルーティンが乱されたり、家族を持たないっていう信条を曲げるのがいやでした。そうやって言い訳して、ウェイデを遠ざけることばかり考えてました。でも……」

「でも？」

「ウェイデは俺がどんな言い訳をしても、絶対に俺が納得するような言葉を返してくるだろうなって思ったんです」

「早速、いま言ってみてもいいか？」

「どうぞ」

「では、俺と恋人になるのも、家族になるのも、いざという時の保険だと思え。風邪をひいた時、仕事で大怪我や骨折をした時、将来、大病をした時に、助けたり、救急車を呼んだり、入院の手続きをしたり、保険会社へ連絡する人だと思え。俺がいると便利だぞ。お前がつらい時に、お前がつらいのを押して病院に赴いて誰かに容体を説明する必要もない。

俺が銀行関係や保険、お前の既往歴すべて把握しているし、顔色ひとつで具合が悪いか分かるから、俺がすべて対処できる。そのうえ、日頃からお前のバイタルをチェックして記録しているから些細《ささい》な変化にも気づきやすい。いざという時に頼れるのは俺だ」

「ほら、やっぱり」

コウは三角に立てた膝の上のクッションに右頬を乗せて、左隣にいるウェイデに笑いかける。

コウの想像したとおりだ。

この男は、いつもずっと自分の人生をコウ一色で生きてくれる。

「仕事で怪我をしたり、病気をした時に傍にいてほしいのは誰だ？」

「ウェイデ」

「なら、今日からは恋人だ」

「でも、恋人になったら別れるかもしれない。別れたらいままでどおりの親しい関係には戻れないかもしれない。知り合いとしてやっていくのも難しいかもしれない。俺は、そんな博打《ばくち》打つくらいならずっと家族だけの関係がいいです」

ついでとばかりに、不安をすべて相談する。

お付き合いする前に、しっかりと話し合いをして、互いの考えをすり合わせたい。

ちなみに、以前ロクサーヌからは「恋だの愛だのは勢いで突っ走りなさい、コウみたいに慎重に慎重を期していたら恋の波に乗り遅れるし、愛に溺《おぼ》れる前に冷静になっちゃうわ」と指摘されたことがある。

「俺は、恋するの……初めてだから……すごく臆病《おくびょう》です」

「仔犬とは臆病なものだ」

ウェイデは、コウの箱入り息子のような慎重さをおおらかに受け止める。

「初めて好きになった人と別れることを考えたら、つらい」

「何回別れてもまた親友になったり恋人同士になったり家族になったり恋人になったりを繰り返せばいい」

「そんなことしていいんですか？」

「もちろんだ。恋や愛にルールはない。俺はいつでも、何度でも、お前と親友になり恋人になり家族になり、つがいになろう」

「でも、そんなことしたらウェイデが可哀想です。ウェイデ、俺に何回も振られることになるんだから。ウェイデのこと何回も振るの可哀想でできない」

「何度でも振ってくれていい。お前に何度も振られるのもまた一興。滅多にない経験だ。決してめげずに愛を尽くすから、いつでも俺の手元へ戻ってくるといい。お前を一生手に入れられないことに比べれば、なんてことない」

「……ウェイデが俺に愛想が尽きて別れるって言いだす場合は？」

「それはない」

「なんで？」

「だってそんなことをしたらお前が可哀想だ。お前は俺と知り合ってから五年ずっと俺の愛に触れて生きてきたんだ。いきなり俺の愛がなくなったら死んでしまう」

「…………お見通しだ」

「だろう？　俺はお前を嫌ったり、愛想を尽かしたり、別れようと言ったりしない」

「ウェイデは、いつ俺が好きになったんですか？」

「初日」

「土砂降りの雨のなか庭先で土下座した俺に惚れたんですか？」

「あんなにも一所懸命になって他人のために頑張るんだ。もし、俺のことを好きになって、俺のことをこんなふうに一所懸命愛してくれたら、俺はどんなにか幸せだろう。そう思った」

「そっか」

「それから、その笑い顔も好きだ」

コウが「褒められてうれしい」と笑った顔が可愛くて惚れた。

ふわふわと幸せそうで、赤ん坊みたいに無邪気で、見ているこちらまで「あぁかわいいな」と優しい気持ちになるような笑い顔だった。

こんな子が、自分の傍で笑ってくれる日々が得られたとしたら……。

この子をこんなふうに笑わせられる幸せを得られたなら……。

この笑顔が自分に向けられたなら……。

そう思うと、ウェイデの愛はもう止まらなかった。

「愛してる、コウ」

「…………」

「愛してる」

「…………おれも、……あいしてる」

初めて、おずおずと、その言葉を口にする。

誰かに向けて愛してるなんて言ったのは初めてだ。

しかも、初めて好きになった人に、初めて愛を伝えて、その愛を受け入れてもらえた。

こんなに幸せなことはない。

耳まで熱くて心臓が破裂しそうなのに、頬がゆるんで、笑顔になってしまう。

誰かを好きになるって、こんなに幸せなんだ……。

「好きな人に好きって言うだけなのに、いままで、その勇気がなかったんです……弱くて、ごめんなさい……」

「構わない。もっと長くかかる覚悟をしていた」

「俺ってそんなに優柔不断でしたか？」

「いいや。優柔不断どころか、決断が早いほうだと思う。お前の過去は、家族を作ろうという考えに切り替えるには酷すぎる経験だ。それを考えれば、出会って五年でお前が再び俺と恋人になって、番って、家族になろうと心に決めてくれたことは、本当に、本当に、幸せなことだと思う」

「ウェイデは、いつもやさしい」

その優しさが、ウェイデの愛だ。

庭木に水をやるように五年かけてすこしずつ愛を注いでくれて、枯れてしまわぬようにいろんなかたちの思いやりで栄養を与えてくれて、美しい花が開くようにコウの心を丹精してくれた。

「まぁ、……ネックになっているのが俺の職業だったのなら早めに言ってくれればとっと転職したのに……、とは思うな」

「でも、普通、俺のこと好きなら転職して、って言えないですよ？」

「言えないな」

「でしょ？」

「まぁ、これからは同じ調達屋だ。二人で汗水垂らして頑張ろう」

「はい。あ……でも、俺、本当に運が悪いですから、同じ仕事してて最悪の事件に巻き込まれたら諦めて頑張って一緒に乗り切ってくださいね」

「任せろ」

「俺の人生、不運ばっかりだったけど、ウェイデと出会えたのは本当に幸運です」

「俺とともにいると選んだことがお前の人生で最大で最高の幸運となることを約束する」

「……うん」

ウェイデの体が、コウのほうへ傾ぐ。

コウはゆっくりと瞼《まぶた》を閉じて、ウェイデの唇が触れるのを感じた。

＊

現在、コウは、二階にあるミホシの部屋で寝起きしている。

サティーヌの部屋とミホシの部屋の風通しはしていたが、それ以外の部屋は埃除《ほこりよ》けの布をかけて使っていなかった。部屋数は多いが、どの部屋も子供部屋仕様なので、年明けに家具を買いそろえてコウの部屋とウェイデの部屋をひとつずつ作ろうと話していた。

幸いなことに、サティーヌは、建物の外壁と同じく、家屋の壁面や建材を白一色で統一して、どこか牧歌的でいて洗練されたフランス風の建築でまとめていたから、よほどの下手を打たない限り、どんな家具を入れても馴染みそうだった。

きっと、ウェイデの趣味の骨董品《こっとうひん》を飾ってもぴったりだろう。

コウも、ウェイデも、ミホシや孤児院出身の子供たちが遊びに来た時のことを考えて危険な物は置かないことにしているが、ウェイデの部屋と家族が集まる場所には、ウェイデの好きなものを置いてもらえたら嬉しいとコウは思っていた。

そうやって、ちょっとずつ三人の家を作っていきたい。いまはそんな気持ちだった。

ウェイデは一階の客間で寝起きしている。

客間には、ベッドと小さなテーブルと椅子《いす》しか置いていないが、家族用とは別のバスとトイレがあるし、部屋から庭に出られるようになっていて、窓からはたっぷり陽射しが取り込まれ、室内は冬でもふわりと暖かい。

今日、その客間の小さなテーブルは、決してミホシには見せられない物で溢れ返っていた。

獣人サイズのゴムの入った箱、アナルセックス用のローションとジェル、拡張用のディルド多数、獣人用のマズルガード……などなどだ。

「もうやだ、はずかしい……うそだろ……初恋の人と両想いになった途端、なんで二人して大急ぎで車走らせてショッピングモールのエログッズ屋に行ってゴムとローションと各種大人の玩具を買い込んでそそくさと寝室に引っ込まなきゃいけないんだよ……。情緒もへったくれもないじゃん……」

「大丈夫だ、情緒とムードはこれから作る。それにほら、見ろ、ちゃんと食料と飲み物という健全な商品も買ってきてるぞ？」

「だってそれ明日の夜ミホシが帰ってくるまでの三十二時間えっちで食ったり飲んだり、つまりはえっちしまくる時間を優先的に確保するためで、メシ作んの省略するために買ってきた食料で……俺たちもう完全に死ぬほどめちゃくちゃずっとえっちする気満々じゃないですか……」

「俺と死ぬほどめちゃめちゃずっとえっちしたくないか？」

「したいに決まってるじゃないですか」

「今日は口数が多いな」

「……俺、いまから処女捧げるんですから、ぐだぐだ言わせてください。期待と興奮と覚悟となんかいろいろで限界なんです。……とりあえず、風呂入って頭冷やしてきます」

「…………」

　ぼとっ。ウェイデがパッケージを破いたばかりのローションボトルを取り落とした。

「ど、どうしたんですか……」

「風呂に、入るのか……」

「入りますよ。シャワー浴びてきます、昨日の夜も入りましたけど、やっぱりそれとこれは違うんで。……あ、もしかして、一緒に入るとかいうやつですか？」

「ちがう」

「違うんですか」

「シャワーは、いやだ」

「なんで」

「お前の匂いが薄くなる」

「でも、きれいにしてからベッドインしたいです」

「…………」

ウェイデの耳と尻尾が急速に元気を失う。

だが、ウェイデは「そうか、分かった……そうだな、シャワーだな……そこは、うん……譲ろう……」と苦渋の決断の表情をして、コウを風呂場に送り出した。

「俺がシャワー浴びてないほうが嬉しい？」

「嬉しい」

「…………じゃあ、しょうがない」

風呂に向いていた足をウェイデのほうへ向けて、床に落ちたローションを拾い上げる。

それをウェイデの手に渡して、「こういうのって、一回洗ってから使うんですか？」と黒やベージュやスケルトンのシリコンの拡張器具を手に取った。

ウェイデは「好きな子がスケベな玩具を持っているだけで興奮する」などと言いだし、

今世紀最大級に尻尾をバタバタさせた。

＊

コウとウェイデ。お互いの間には、ひとつの暗黙の了解があった。

一時間や二時間、軽く後ろを慣らしたくらいじゃウェイデのアレは絶対に入らない。

コウは、マーキングの時にウェイデの陰茎の大きさを把握していたし、ウェイデはコウを五年間観察し続けて「コウの身長は百八十五センチあるし、体も鍛えているが、尻の穴は身長体重に関係ないしな……」と物理的な体格差を鑑《かんが》みて、どれくらい後ろを拡《ひろ》げれば入るか冷静に分析していた。

暗黙の了解を踏まえた結果、初日は挿入を我慢してコウの後ろを開くことに費やした。

「……二日がかりの初夜……」

「そうだな」

「手間暇かけてもらってありがとうございます……」

「こちらこそ、大切で貴重な処女をくださってありがとうございます」

「…………はずかしい」

キスをして、ウェイデに抱き上げられてベッドに運ばれ、服を脱がせ合う。

コウの背中には大なり小なりたくさんのクッションがあてがわれ、背中から尻の下あたりまでバスタオルが敷かれ、さらに腰回りを持ち上げるようにクッションを差し込んで角度を調整され、股《また》を開いた両足の間にウェイデが座った。

「恥ずかしいから、お前はずっと顔を隠しているのか？」

「……言わずもがな……」

「だが、表情を見せてもらったほうが加減しやすい。顔は隠さないでくれ」

「…………ほんとにそれだけの理由？」

「顔が見たい」

「…………」

コウは、顔の前で抱えていたクッションをすこしだけ下ろす。

途端にウェイデと視線が絡む。コウの脳内は「好きな人が俺のケツいじってる……だめだ、アイドル的立ち位置で見ていた人が裸で同じベッドの上にいるっていう状況が非現実的すぎる」と混乱を極め、じわじわと涙が滲んだ。

「痛いか？」

「これは、……感動と、情緒がキャパオーバーした、なみだ……」

「……それは、続けていいのか？」

「続けていい、です」

「では……」

「……っ、ぅ、……っん、ン」

股の間はローションまみれだ。前を弄《いじ》ってもらいながら、会陰や内腿《うちもも》を撫でられて優しく緊張を解《ほぐ》され、時折、指の腹が固く閉じたそこに触れる。

ウェイデの手元には、キューブ状のジェルとローションボトル、アナルプラグが置かれている。大小様々あって、種々多様な淫具がベッドに散らばっていた。

一番小さいプラグは、丸みを帯びた三段階構造になっていて、先になるほど細い。一番太い根元の直径でもウェイデの指のほうが太くて、長さもコウの人差し指くらいだ。

「入れるぞ」

「……あ、の……ウェイデ」

「どうした？」

「さいしょ、……それじゃなくて、ゆびが、いい……」

「こっちのほうが細いぞ」

「でも、なんか、最初に入ってくるのが無機物っていうのは、やだ……」

最初に受け入れるのはプラグではなくウェイデの指がいいと駄々を捏ねる。

ウェイデは爪《つめ》を丸めて、己の手に豪快にローションをかけると、掌で温めたそれの粘度を確かめ、コウの表情を見ながら人差し指を含ませていく。

コウは期待と羞恥《しゅうち》でぐずぐずの顔を隠さず、ウェイデにすべてを見せた。

指がゆっくりと入ってくる。まだ、ほんのすこしだ。違和感はほとんどないが、その指が奥へ進んでいくと、眉を顰《ひそ》めてしまう。

「コウ、だめな時は……」

「ちゃんと、セーフワード言う……」

いまは言ってないから、続けて。コウは視線で訴える。

ウェイデはすこし微笑んで続きを再開する。

これは、交尾だとかセックスというより、作業とか介助とか介護だ。その証拠に、ウェイデの股間はあまり反応していない。コウを傷つけないようにすることに集中していて、自分の快楽を求めるほどの興奮には至っていないのだ。

ウェイデの指は長く、太い。それが根元までしっかり入るのにじっくり三十分近くかけてくれて、合間にローションを足してくれる。

「どうだ？」

「はいってる、って……かんじです」

ほかの感覚は特にない。

ただ、心は期待で跳ねて踊っているらしく、心臓がうるさかった。

「息が上がっている」

「……そう、ですか？」

「ゆっくり息をしろ。吸って、吐くんだ」

「……っ、は……っ、ん……」

言われたとおり、鼻から吸って、口からゆっくりと吐く。

息を吸うと、後ろがすこし締まる感じがして指の感触がよく分かる。

息を吐くと、体から力が抜けて腹の内側の感覚が変わったような感じがする。

コウが息をする間、ウェイデはもう片方の手で前を弄ってくれる。

ローションまみれで、にちゃにちゃとやらしい音がする。

前を触ってもらうのはきもちいい。穏やかに追い上げられて、息が上がる。

ふわふわとした気持ち良さに心を預けていると、後ろに含まされた指が動く。それをまた三十分も一時間も続けられて、「も、イきたぃ……」とコウが泣き言を訴えると、「最初に出すと後で出すものがなくなってお前がつらくなる」と言われて、寸止めを繰り返される。

「……あ、ぅ」

低く、短い声が漏れる。

指が抜かれて、腹の中がすかすかになったような空虚さに襲われる。

自分の内側が頼りなく感じて、早くなにかで埋めてほしくて心細い。

ウェイデは指先まで体温が高くて、コウの腹の内側にあっても温かさを感じるほどだったのに、いまはすこし寒くて、指が入っていた分だけゆるく開いて、閉じて、括約筋の縁からとろりとローションが垂れる。

ウェイデが、コウの眼前にキューブ状のジェルローションを見せて、「これを入れるぞ」と伝えてくる。体温でじわじわと溶けるタイプで、これを奥のほうに入れておくと、アナルプラグで蓋《ふた》をして拡張していてもローションの代わりになるから、頻回でプラグを抜いてローションを足さなくていいらしい。

コウの後ろは濡れないし、ローションはいずれ乾いてくる。乾くと、プラグと括約筋や粘膜の接地面が引き攣って不快感が出たり、痛みが増すらしい。そういうことのないように、これを足しておくのだそうだ。

ウェイデがひとつずつ丁寧に説明してくれるから、コウは今日一日でアナルセックスについてとても詳しくなった。

「ん……」

眉根を寄せて、股が閉じそうになるのを我慢する。

ひとつ目のジェルキューブが、ウェイデの指に押されてゆっくりと入ってくる。直径二センチほどの球状のそれが蠕動《ぜんどう》運動に合わせて奥へ引き込まれると、さらに奥へウェイデの指で押し込まれる。

二つ目、三つ目、四つ目、五つ目、コウが「腹、重い……、出ちゃいそう……」と訴えるまで挿入されていく。そこへさらにローションボトルの注ぎ口を直接アナルの入り口に押し当てられ、中身をゆっくりと注入されていく。

温かくて、腹が重くて、下半身を支えようと骨盤が倒れて、もっと奥にキューブとローションが流れていく。

ふー、ふー……と、獣みたいに息をして、どんどん重たくなっていく感覚と、ぽこりと膨らみを帯びた下腹に耐える。もう、息遣いだとか、処女らしい恥じらいだとか、そんなことに構っている余裕はなくて、でも、苦痛はなくて、コウの陰茎はさっきよりもずっと硬くなっていた。

ローションボトルの注ぎ口が抜かれて、間髪入れずアナルプラグを差し込まれる。

「上手に呑めた」

「は、……っ、ぃ」

腹の表面を撫でて褒められる。

息をするたび後ろが閉まり、不思議な感覚に襲われる。

後ろにこんないやらしい物を咥えて、腹のなかをたっぷりの疑似淫液で満たされて、一人だけ肩で息をして、ウェイデと交尾するための準備をしてもらっている。

「……っん、ぁ」

ウェイデがプラグの底を揺すって、ぴっちり根元まで嵌《は》ったそれを、さらに奥へ、ぐっと押し上げる動作をする。

それはまるで、セックスするみたいな動きで、興奮する。

ウェイデに教えてもらったけれど、ちょうど、このプラグだと前立腺《ぜんりつせん》を無理なく刺激してくれるらしい。

前立腺はすぐに気持ち良くなる人もいれば、快感を得るまでに時間がかかる人もいるらしく、コウはまだどちらか分からない。さっき、ウェイデは指でそれらしきところに触れてみたそうだが、あまり反応は良くなかったそうだ。

「……これ、プラグ？　……エネマグラ？」

「それも買ってあるが、いま入っているのはプラグのほうだ」

「……休みの日とか、エネマ入れておいたら、早く、中で気持ち良くなれる？」

「個人差があるからな」

ウェイデはコウを横向きの寝姿勢に変えてやり、自分はコウの頭の近くで胡坐《あぐら》をかいて座り直すと、両手のローションをタオルで拭いて、汗でコウの額に張りつく前髪を耳にかけ、「なにか飲むか？」と尋ねた。

「………………これ、ほしい」

コウはウェイデの太腿に上半身を乗り上げ、またぐらに頬を寄せた。

ウェイデの陰茎をしゃぶりたい。唇が暇で、さみしい。そう伝える。

「口さみしいなら、キスをしてやる」

今日は奉仕の真似事をしなくていい。

ウェイデは固辞するが、コウはそこにやわらかく歯を立てて、「ちがう、……しないと、落ち着かない」と本音を白状する。

いつも、これを咥えていた。

こういう雰囲気になった時は、これを咥えていないと落ち着かない。

「変な癖がついたな」

「だめ？」

「好きにしていい」

「ありがと……」

頬ずりして、早速、下着からオスのそれを取り出し、唇を寄せる。

発情したメスは我儘だ。

後ろにプラグを咥えたまま、時折、ベッドに敷いたタオルのパイル地に自分の陰茎を押し当てて腰を揺らし、それをウェイデに見られていることにも気づかず、口に咥えたオスをしゃぶる。

発情したオス獅子の匂いに当てられて、コウはいつものようにじわりと股を濡らした。

＊

初日は、ベッドで夕食を摂った。

簡易食で済ますつもりだったが、ウェイデが消化に良いリゾットを作ってくれて、それを食べさせてもらった。コウは、夕食を食べる前に、新しいキューブジェルとローションを注ぎ足され、その日、三度目の拡張器具の交換をした。

四本目はプラグからディルドに代わり、前立腺の向こう、精嚢《せいのう》を通り越し、結腸の手前付近まで長い物に貫かれていた。形は獅子の獣人のディルドだが、太さはウェイデの五分の一程度だ。

それを尻に咥えたままウェイデに食事を食べさせてもらい、ゆるんできた後ろの隙間から漏れるローションまみれの下半身をシーツで隠そうとして阻まれたり、二人で小さな携帯電話の画面を覗き込み、三時間半の映画を見ながらキスだけを何度も繰り返した。

「コウ……」

「……ぁー、っ、ぁ、……ぅ？」

時々、気の遠くなるほど気持ち良くなる瞬間があった。

その頃には、ウェイデがディルドを前後に抜き差ししたり、ディルドの底を摑んで腹の内側から揺さぶるようにすると、コウの陰茎からとろりと精液が漏れた。

射精した時のすっきりした爽快感《そうかい》はないけれども、どろどろ、だらだら、ずっとゆるやかな絶頂が続く感覚だ。これがすごく気に入って、コウは夕食の前に交換してもらった腰の下のバスタオルをぐしょぐしょにするほど漏らした。

漏らしたものが、精液なのか、小便なのか、潮なのかはよく分からなかったが、ウェイデの片手一本でイかされる感覚は最高に気持ち良かった。ディルドをすこし揺らされるだけで自分の意志とは無関係にやってくる絶頂の波が苦しいほどに病みつきになった。

ウェイデは、仔犬が粗相しても、「そう癖づけてしまったのは俺だからな」と笑ってコウの頭を撫でて、「上手に気持ち良くなれてお利口だ」と褒めてくれた。

盛大に甘やかされてそのまま気持ち良くなって眠ってしまい、コウが目を醒ますとまたひとつディルドが太くなっていた。

目を開くと、いつもウェイデが傍にいてくれて、「起きたか？」と微笑みかけてくれて、経口補水液を飲ませてくれる。口端に零《こぼ》れたそれを指の腹で拭われて、コウは、その指を舌で追いかけて口に咥え、舐めた。

「口になにか咥えていたほうが落ち着く子になってしまったな」

「ん……」

指をそっと抜かれると、唾液が糸を引く。

寝ても醒めても、コウの意識はぼんやりふわふわ微睡《まどろ》みのふちを揺蕩《たゆた》っていた。

「ぁー……、ぁ、っ……お、ぁ……」

ウェイデが、コウの尻を開いているディルドをゆっくりと抜き取る。

入っていることが当たり前で、すっかり身に馴染んでいたせいで、抜かれる段になってようやく異物感を思い出し、声を漏らす。

その声は、仔犬が初めて成犬の真似をして鳴く声に似ていて、人間じゃなくて獣っぽくてちょっと恥ずかしい。恥ずかしいけれど、ウェイデが「よく拡がっている」と褒めてくれて、指を中に入れて可愛がってくれるから、また、声が上がる。

これは、ご褒美だ。

「この調子なら、一年も待たずに目標達成できるかもな」

後ろの拡がり具合を確認して、コウのそこが獣人の指を四本も咥えられたことに感動する。

「……うれしい」

最終的には一年くらいかけて後ろを慣らして拡張して、ウェイデのペニスをぜんぶ挿入できたら嬉しいね……、なんてことを話していた。

ウェイデは無理にぜんぶ挿《い》れる必要はないと言うけれど、せっかくだから、自分の体がどこまで変われるか、どこまで気持ち良さを追求できるか、どんなふうにウェイデを気持ち良くさせてあげられるのかを突き詰めたかった。

「お前はそんなところまで真面目で頑張り屋だ」

「そういう奴ほど、こういう毎日こつこつ積み重ねて拡張するとかそういうのに向いてるんですよ」

そんな軽口を言い合って、二人で一年後、二年後、三年後……という目標を決めた。

もちろん、ぜんぶがぜんぶセックスの目標じゃないけれど、人生、楽しみは多いほうがいい。

「いま、何時……？」

「昼の十二時過ぎだ」

「……二日目の？」

「ああ」

「あと、八、九時間？　くらいで……ミホシ、帰ってくる……」

「そうだな」

「後ろ、もう入る？」

「ある程度までなら」

「じゃあ、もう入れてほしい」

「あと八時間あるぞ？」

「あと八時間ずっとウェイデと繋がってたい」

「…………」

ウェイデは無言で尻尾をばたばたさせて、ベッドを下りるとテーブルからマズルガードを取って戻ってきた。

コウが身を起こそうとすると、ウェイデが手伝ってくれる。

ベッドで上半身を起こして座ると、ひどい音を立ててローションが漏れた。

これより恥ずかしいところをたくさんウェイデに見られているせいか、もうちっとも恥ずかしくなくて、ウェイデから手渡されたマズルガードを両手で受け取った。

「伏せ」

コウが短く命じると、ウェイデは床に膝をつき、ベッドの上のコウに己の首を差し出す。

本格的な交尾と挿入を始める前に、ウェイデにマズルガードを装着させると二人で決めていた。コウはなんだか飼い犬の躾《しつけ》をするようで可哀想で乗り気でなかったが、ウェイデがどうしても譲らなかった。

「初回は噛まないように気をつけるが、万が一お前を傷つけたら後悔してもしきれん」

「発情期じゃないのに暴走することってあるんですか？」

「五年も好きで好きで愛してきた子と初交尾だ。年甲斐《としがい》もなく我を忘れるかもしれん。もし、それでお前を傷つけることがあってはならない」

「そんなことしないって信じてる」

「だが、俺のためにつけさせてくれ」

「分かった」

コウはウェイデの申し出を受け入れた。

人間と獣人は、そもそも体の造りが違う。人間同士の交尾でさえお互いを傷つけてしまうことがあるのだから、種族が異なれば猶更《なおさら》だ。

二人の関係が長く続くように、小さな齟齬《そご》や誤解の積み重ねでせっかくの愛が悲しいものになってしまわないように、お互いの不安や憂いを取り除いて、すり合わせをしていく。

それが、愛の深め方だと思う。

そして、幸いなことに、コウとウェイデは己の持ちうる愛の質がよく似ていた。

愛し方が、……相性が、良かった。

「きつくない？」

「大丈夫だ」

「……耳の後ろと、首のベルト、苦しくない？」

「苦しくない」

「うん」

コウは体を前に傾け、ウェイデの耳と耳の間を撫でて、眉間に唇を押し当てる。

いいこ。

コウを傷つけない、コウに忠実な黒獅子。

もうすぐコウの中に入ると期待に溢れ、ズボンの下の陰茎が見たこともないくらいぱんぱんに膨れて、窮屈で、痛そうだ。

「ウェイデ」

名前を呼んで、ベッドに上がれと急かす。

ウェイデの重みでベッドの片方が軋《きし》んで、「このベッド、壊れそうだな……」と二人して顔を見合わせ、「年明けに買うウェイデのベッドは超重量級の獣人対応の耐久性の高いベッドにしよう」と互いに頷きあう。

きっと、そのベッドでコウが眠る日は多いだろう。

もしかしたら、毎日かもしれない。

時にはミホシも一緒で三人並んで眠るかもしれない。

でも、いまは……。

「後ろからでなくていいのか？」

「うん。正面向いて、前がいい」

コウはベッドに背を預け、覆いかぶさってくるウェイデの背中に腕を回す。

ウェイデは、後ろから犬みたいな体勢でしたほうがコウに負担がないと言うし、「発情した獅子の顔がこわいかもしれんぞ」と気遣ってくれるが、むしろ、好きな人が自分で興奮している顔が見られるなら、絶対に正面を向いてしたい。

「コウ……」

「なに？」

「愛してる」

「俺も、愛してる。だいすき」

マズルガードのフレームが、ちょん、とコウの鼻先に触れる。

キスできないタイプのマズルガードだから、それがちょっと不服だ。

コウの骨盤を掴んでいたウェイデの手指に力が入り、いともたやすくコウの下半身を持ち上げると、自分の太腿に小さな尻を乗せる。

ズボンの下からようやく自由を得た獅子の陰茎は先走りを垂らし、コウの鼻先にまでオスの匂いを撒《ま》き散らした。

「………」

コウは唾液で喉を鳴らし、顔は隠さず、自分がウェイデと繋がる瞬間から目を逸らさない。

だって、待ちに待った瞬間だ。自分がどんなふうにウェイデで気持ち良くなるのか、ウェイデにも見てもらいたい。だから、顔は隠さないし、視線も逸らさない。

「……っひ、ぁ……あ、っ……ぁ」

甲高い声が漏れた。

次いで、低い声で、「ぉ、ぁ……あ、あぁ……ぁ、ぁ」と唸《うな》った。

痛さも苦しさもなくて、ただただ気持ち良かった。

前立腺も精嚢も圧倒的な質量で征服されて、陰茎は壊れたみたいにどろどろ粘つく精嚢液を垂らし続ける。意味もなく足が跳ねて、ウェイデに手を伸ばし、鬣を引っ張って、縋《すが》りつく。

まだ三分の一も入っていないのに、いままでで一番満たされている。

ウェイデが動いてもいないのに、心の充足感が最高潮に達する。

どうしていいか分からず、心の処理も追いつかず、ぼろぼろ涙が零れてウェイデに心配されてしまう。

「それはアレか？　いつもの情緒と感動がぐちゃぐちゃになったやつか？」

「そ、ぅ……それ……それだから、きにしないで……」

「動かないほうがいいか？」

「もっと、情緒と感動がぐちゃぐちゃになる……」

「…………」

「もっと、うごいて」

もっと情緒と感動をぐちゃぐちゃにされたい。

躾のなってない仔犬だから、いっぱい気持ちいいことをされたい。

ぐるぐる低く喉を鳴らす黒獅子に食い散らかされたい。犯されたい。暴かれたい。取り繕う暇もなく、このオス獅子にめちゃくちゃにされたい。

「怖くなったら、殴れ」

ウェイデは断りを入れて、ゆるりと腰を使い始めた。

ひとつひとつの動作が重く、コウの腹に刺激を与え、奥に流れ込んでいたローションやジェルが陰茎の質量分だけ押し出される。

でも、ウェイデの先走りがたくさん溢れているから、もう注ぎ足しする必要はない。

丸一日以上かけて、やわらかく、ぐずぐずの肉に仕立てられたコウのメス穴は、棘のついた陰茎に刺激されて排卵を促される。

排卵する機能を持たないコウは、せめてもと発情したメスの匂いのする尿を漏らし、オスをより盛り立たせる。

「ウェイデ、すき、……っ、ウェイデ」

後ろ頭を抱き寄せて、縋りついて、喘ぐ。

ウェイデは、コウの甘い声でいくらでも陰茎を太らせ、ぐるぐると低く唸り声を上げては獣欲に呑まれそうな己を理性で封じ込め、コウを犯す。

「……ウェイデ」

キスしたい。

ウェイデと。

マズルガード越しに舌を絡める。ガードに阻まれて、上手に、満足のいくキスができなくてじれったい。あの大きな口の奥に見える舌ともっと深く絡めたい。

それに、マズルガードの接触面で毛が割れていて、皮膚が擦《こす》れて赤くなっている。

痛そう、可哀想。

コウは、ウェイデの後ろ首に腕を回し、マズルガードを外した。

「コウ、だめだ」

「だって、キスしながら腹んなかに出してほしい」

コウはマズルガードを取り払うと、床に放り投げ、ウェイデにキスして、自分の足をウェイデの太腿の裏に絡めた。

「ゴム……っ、忘れた」

「知ってる」

切羽詰まったウェイデがゴムをつけ忘れていることをコウは知っていたけれど、それを指摘しなかった。

だって、最初の精液はなかに欲しいから。

コウは、焦るウェイデの耳元で「ナマで種付け、ぜったいきもちいいよ」と囁《ささや》いて、逃がさないように両足に力を籠《こ》める。足にはもうほとんど力が入らないくらい気持ちいいけれど、ウェイデが射精を終えるまでがっちりホールドした。

「っ、は、……、く」

射精をギリギリまで耐えていたウェイデだったが、コウが腰を使って、体の内側の筋肉ぜんぶ使って締めあげ、ウェイデに深く深く舌を絡めるキスをすると、コウのなかで射精した。

たくさん、たくさん、長い時間をかけてたっぷり種を出した。

結腸口に熱いものが浴びせかけられて、コウは、初めて経験するその刺激でゆるやかに絶頂を迎えた。

「ウェイデ……」

気持ち良さそうに身震いしてコウに種付けする黒獅子を見つめて、名前を呼んで、毛皮をわしゃわしゃと掻《か》き混ぜて、「たくさん出せたな」と褒めて、キスをする。

ウェイデは、「仔犬にしてやられた」という表情をしているが、それ以上に気持ち良さが押し勝つらしく、「しあわせで、たまらん……」とコウをぎゅうぎゅう抱きしめて、陰茎から長い射精を続けた。

その仕草があんまりにも可愛くて、コウは「ああ、俺はこんなにも可愛くてかっこよくて大好きな人とつがいになったんだ」と、ウェイデの抱擁に包まれて、幸せにも包まれた。

事を始める前は、「ミホシが帰ってくる二時間前にはエッチを終了させて、風呂に入って、掃除して、換気して、笑顔でミホシを出迎えよう」などと約束していたのだが、結局、夜まで、どったんばったんえっちした。

ミホシが帰ってきた時、コウは足腰が立たないうえに後ろが開いたまま閉じず、ウェイデの精液を腹いっぱいに溜めていて、買ってきたプラグの中で一番太い物で栓をしても隙間から漏れてしまう有様で、到底「おかえり」と玄関に立てる状態ではなかった。

ウェイデが単独で玄関に立ち、出迎えると、ミホシを送ってきたアンリはウェイデの匂いに混じる発情したコウの匂いを感じとってすべてを察し、「うちの息子を……、愛息子のように思っているコウを……頼む」と苦々しい表情で言ったらしい。

まだ淫靡《いんび》な匂いを嗅《か》ぎ分けられない幼いミホシが「ウェイデから、こーくんとウェイデの甘くてしあわせな匂いがするね」と、にこにこ笑ってくれたのが救いだった。

【6】

年末を無事に越して、新年を迎えたある日、コウはなにげなくウェイデに「ウェイデの好きな骨董品で、万が一壊れたり破損しても大丈夫なものがあったら、この家に飾ってほしいです。せっかくだから、家族みんなが愛着を持って大事にできる家や環境を作っていきたいです」と申し出た。

当初、ウェイデは、ここがサティーヌの家であった当時の名残があったほうが、ミホシの心の安寧や、この家を訪ねてくる皆の心情的にも良いだろうと配慮して、自分の私物や趣味の物は遠慮していた。

でも、コウは「ここはサティーヌの家だけど、俺とウェイデとミホシの家でもあるから」と言って、「ちょっとずつ家族の物を増やしていきたい」と提案した。

そうしたら、ウェイデは、「これは、古い写真立てなのだが……」と言って、尻尾をいそいそさせて長方形の写真立てを持ってきた。

ヨコ幅二十センチくらい、タテ幅はその半分くらい。純金の土台に螺鈿《らでん》と真珠母貝の細工がしてあって、オーバル型に三つの刳《く》り抜きがある。そのオーバル型のところに写真を入れられるようになっていて、ウェイデは、そのひとつに今年の元旦に撮った家族写真を飾った。

ウェイデとコウとミホシ。初めて三人で撮った写真だ。

残りの二つのオーバルは空白のままで、「これから、なにかの記念日に写真を増やしていきたい」とウェイデは言ってくれた。

その写真立ては、いま、暖炉のマントルピースに置いてあるサティーヌの写真の隣に飾ってある。

ウェイデはその写真を見つめながら、「お前も、ひとつずつ大事なものを見つけては、この家に持って帰っておいで。家族で大事にしていこう」と言ってくれた。

失うことがこわくて、二度と手に入らないものを手にするのがこわくて、ずっと臆病でいたけれど、ウェイデがその臆病な気持ちごと拾い上げてくれた。

コウは、「来週の買い物、俺、自分用の自転車とカバン、それから、新しいマグカップを家族お揃《そろ》いで欲しいかもしれないです」と声に出して言ってみた。

ウェイデは大喜びして「ああ、それも買おう」とコウを抱き上げて、まるで百年ぶりに再会した恋人のようにリビングでくるくる回った。

そんなコウとウェイデは、いま、ミホシの後見人になっている。

まず、コウとウェイデが婚姻関係を結ぶなり、パートナーシップ制度を導入して役所に申請するなりしてからでないと、ミホシを正式に養子に迎え入れることは難しい。

シングルの成人でも、一定の身分と収入とクリーンな経歴があれば養子をとることは可能だが、コウとウェイデは、つい最近、つがいとなり、恋人になったばかりだ。

ミホシが学校に上がる前までには公的にもそういう関係になろう、と話し合って決めている。

いまはまず、三人家族でゆっくり時間をかけて、毎日を歩んでいくことを大事にした。

「こーくん、ウェイデとケンカしたの？」

庭でトウモロコシを食べていたミホシが、庭の隅でいじけているコウの隣にしゃがみこみ、「はい、みほしのとうもろこしあげるから、げんきだして？」と元気づける。

「ケンカじゃない。俺が一方的に怒ってるの」

ミホシのトウモロコシをちょっと齧《かじ》って、分かりやすいふくれっ面をする。

「どうして怒ってるの？」

「俺が風呂洗いするつもりだったのに、ウェイデがしちゃったから」

「わぁ、よかったね！　……じゃあ、ありがとう！　って言って、ちゅってして、すきすきってウェイデに言ったらいいよ！」

「でも、ウェイデ、俺になんにもさせてくれないんだもん」

「じゃあ、次からはいっしょにしよ？　って言うといいよ」

「なるほど名案。ありがとミホシ」

ふにゃっと頬をゆるめ、「どういたしまして」と破顔するミホシを抱き上げ、コウは庭に出したＢＢＱグリルで肉を焼くウェイデの隣に立った。

「俺、次からはウェイデと一緒に風呂掃除するから」

「だが、もし、お前が滑って転んで怪我をしたら……」

「ウェイデを下敷きにするから大丈夫」

「それなら……まぁ、いいか」

「でも、ちゃんと家事炊事は当番制にしてるんだから、俺の当番は俺がやります。ウェイデは手を出さないでください」

「…………」

「俺を怒らせたら、俺は俺のスマホの電源落としっぱなしにして、勝手に機種変しますからね。あと、発信機の探知機かけてもらって、俺にくっつけてる発信機とかぜんぶ外します」

「そんなことをしたらお前の居場所もバイタルもなにも確認できないじゃないか」

「だからするんです」

「ね～……おにくまだ？　先にスイカ食べていい～？」

庭先でいちゃいちゃする二人の間で、ミホシがトウモロコシを食べつつ、金盥《かなだらい》に冷やしてあるスイカを見つめている。

「肉はいま焼けた。待たせたな。スイカは食後だ」

「ほら、ミホシ、あっちで待ってよ」

庭に出したテーブルと椅子、足もとにはストーブ、風除けの衝立《ついたて》と屋根。毛糸のストールを巻いてミホシを抱っこして椅子に座って待っていると、ウェイデが肉を運んできてくれる。

三人でご馳走を囲んで、食事をする。

コウとウェイデが並んで座り、二人の間にハイチェアに座らせたミホシを挟む。

「ばーべきゅのグリルで、ホットケーキは焼ける？」

「試してみるか？」

「うん！」

「ほら、ミホシ、ウェイデ、あーん」

ミホシとウェイデの口に、コウはそれぞれ肉を放り込む。

「ミホシもあーんするね」

ミホシはお気に入りのトウモロコシを、ウェイデとコウにおすそ分けしてくれる。

「では、俺も。肉だけはなく、野菜や穀類も食べなくてはな」

ウェイデは、ホイル焼きにしたジャガイモを小さく切ってミホシとコウに分け与える。

黒い瞳と髪と毛皮と尻尾と耳の三人家族が、それぞれ仲良く食べ物を分け合う。

「ミホシ、黒い毛皮のひと、すき。こーくんのこと、すき。ウェイデもすき。二人ともだいすき！」

真昼のお星さまみたいに、ミホシが笑う。

その可愛い狐耳の先にコウとウェイデはそれぞれ唇を落とし、そして、ふと顔を上げて視線が重なると、ミホシの頭上で愛しいつがいと唇を重ねた。


コウとウェイデは、こう思う。

年齢をいくつも重ねても、こうやって庭に出て、ＢＢＱをしたり、お茶を飲んだり、いろんな景色を見られたら幸せだ。

朝はお日様を見て、夜はお星さまを見る。

家族そろって、たったそれだけのことができたら幸せになれる。

時には庭で食事をして、休日には芝刈りをして、ピクニックシートを敷いて昼寝をして、春には皆を呼んでお花見をして、夏はベンチチェアを並べて日光浴をして、ハロウィンの時はジャックオランタンに灯《あか》りを点《とも》して、クリスマスにはツリーを飾って……。

ミホシが巣立っていったあとも、ずっとウェイデと一緒にこの庭を見ていたい。

きっと、この庭で、ウェイデとのいろんな愛を見つけて、拾って、集めて、大事に育んでいくのだろう。

「ウェイデ」

「なんだ？」

「俺の愛、拾ってくれてありがとう」

コウはウェイデに口づけた。

あとがき

こんにちは、鳥舟です。

『つがいは庭先で愛を拾う』お手にとってくださりありがとうございます。

今作は、『つがいは愛の巣へ帰る』『つがいはキッチンで愛を育む』に続くシリーズ三作目となります。ありがたいことに三作目まで続いたので、前巻に引き続き、本文中で一作目と二作目の登場人物たちのその後をすこし書いています。あわせて楽しんでいただけたら嬉しいです。

以下、すこし本編のネタバレ（登場人物の小ネタ）が入りますので、ご留意ください。

コウ。火事の時は自宅の庭先に落ち、土下座の時も庭先で、倒れる時も拾ってもらう時も庭先で、家族で写真を撮る時も庭先という地面の好きな人。自分の決めたルールとルーティンでがちがちに凝り固まって人生の安全パイを選び続けていたはずの男が、恋とか愛とかいう最も不確定なもののドツボに本人も知らず知らずのうちに嵌っていく人。

ウェイデ。右の人をドツボに嵌めていく人。恋にまっしぐらすぎるうえに愛が特殊すぎて、同じような愛し方の一族郎党からも「あの子は一生好きな人と添い遂げたり結婚したりできないかもしれないなぁ」と心配されていたけど、よかったね、なんとかなったよ。ミホシ。ラルーナ文庫様から出していただいているお嫁入りシリーズをお読みくださっている方はじんわりとお察しのとおり、黒屋敷の黒狐の一族の子供です。この子だけ、なぜか、はぐれているのですが、なにがあったんだろ……。

いつものお礼になりますが、担当様、今回もお世話になりました。

サマミヤアカザ先生にはイラストを一枚頂戴するたび世界観を広げていただいています。男前なウェイデとモデルみたいにしゅっとしているコウ、ウェイデの服を握っている姿がかわいいミホシ、今回もたくさん描いてくださり本当にありがとうございます。

最後になりますが、この本を手にとり、読んでくださった方、いつもお手紙や差し入れを送ってくださる方、日々、仲良くしてくれる友人たち、本当にありがとうございます。

昨年に引き続き、今年も落ち着かない世情ではありますが、皆様どうぞご自愛のうえ、楽しい日々をお過ごしください。

鳥舟あや

本作品は書き下ろしです。

ラルーナ文庫

この本を読んでのご意見・ご感想・ファンレターなどお待ちしております。〒111-0036 東京都台東区松が谷1-4-6-303 株式会社シーラボ「ラルーナ文庫編集部」気付でお送りください。

つがいは庭先《にわさき》で愛《あい》を拾《ひろ》う

2021年4月7日　第1刷発行

著　　者｜鳥舟《とりふね》あや

装丁・DTP｜萩原 七唱

発 行 人｜曺 仁警

発 行 所｜株式会社 シーラボ
〒111-0036　東京都台東区松が谷1-4-6-303
電話　03-5830-3474／FAX　03-5830-3574
http://lalunabunko.com

発 売 元｜株式会社 三交社（共同出版社・流通責任出版社）
〒110-0016　東京都台東区台東4-20-9　大仙柴田ビル2階
電話　03-5826-4424／FAX　03-5826-4425

印刷・製本｜中央精版印刷株式会社

　ISBN978-4-8155-3255-0

つがいはキッチンで愛を育む

鳥舟あや | イラスト：サマミヤアカザ

実家同士の都合で強制的に番わされた二人。
虎の子との同居生活でそんな関係に変化が…。

定価：本体700円＋税

アルファは薔薇を抱く
～白衣のオメガと秘密の子～

春原いずみ ｜ イラスト：亜樹良のりかず

隠し子をかかえる心理カウンセラー。
新任の整形外科医との出会いになぜか心が揺れて…。

定価：本体700円＋税

三交社